간사지 이야기

최시한 연작소설

간사지 이야기

제1판 제1쇄 2017년 11월 24일
제1판 제2쇄 2018년 10월 30일

지은이 최시한
펴낸이 이광호
펴낸곳 ㈜문학과지성사
등록번호 제1993-000098호
주소 04034 서울 마포구 잔다리로7길 18(서교동 377-20)
전화 02) 338-7224
팩스 02) 323-4180(편집) 02) 338-7221(영업)
전자우편 moonji@moonji.com
홈페이지 www.moonji.com

© 최시한, 2017. Printed in Seoul, Korea.

ISBN 978-89-320-3050-0 03810

이 도서의 국립중앙도서관 출판예정도서목록(CIP)은 서지정보유통지원시스템 홈페이지
(http://seoji.nl.go.kr)와 국가자료공동목록시스템(http://www.nl.go.kr/kolisnet)에서
이용하실 수 있습니다. (CIP제어번호: CIP2017029583)

간사지 이야기

최시한 연작소설

문학과지성사

* 사전에 '간사지'는 '간석지干潟地'(바다의 밀물과 썰물이 드나드는 땅. 갯
벌)의 잘못된 말이라고 적혀 있다. 잘잘못을 떠나, 이는 흔히 '간석지를 둑
으로 막아 개간한 땅'인 '간척지干拓地'를 가리킨다. 현지에서는 전에 바다
였던 지역이나 거기 자리 잡은 마을 이름으로 쓰이기도 한다. '간사지'를
비롯하여 이 이야기에 나오는 '새울' '똥섬' '터진목' '참샘' '질재' 등은
전국에 많이 있는 지명이다.

간사지

 골이 깊으면 물이 흐르고, 그 물길 만나면 들이 열린다. 들에서는 사람의 길도 만나니, 거기 비로소 마을이 생긴다. 그런 마을은 한가운데 큰 샘이 있게 마련이다.

 동네 샘이 자리 잡기 어려운 마을도 있다. 오랜 세월 바다가 육지로 골을 파고 들어와 펄을 깔고 모래를 붓는다. 그 바다에 맞서 사람들이 둑을 쌓고 흙으로 메꾸어 해안선을 만든다. 그렇게 얻은 땅의 안온한 곳마다 점점이 집이 들어서면 마을이 이룩된다. 바로 '간사지' 땅이요 마을이다. 시간을 되돌려 둑을 허물고 바닷물이 도로 들어오게 한다면, 이곳은 게나 기어 다니는 바닷가 이름

없는 갯벌로 돌아갈 것이다.

아버지는 농부였으나 우리 동네 바람에서는 늘 갯내가 났다. 간사지에서 나고 자란 내 삶의 퇴적층에는 소금기가 배어 있다. 그 지층에서 기억의 조각을 파내어, 이야기 몇 도막을 짓는다. 간사지도 세월을 겪고 '간사지 사람'도 거기서만 살지는 않았기에, 여기에는 한 시절의 색깔과 한 세대의 무늬가 스며들었다.

모든 것의 최종 형태는 이야기이다. 사실에 상상을 버무려 빚어낸 형상으로, 이야기는 무의미와 망각에 맞선다. 그리고 현재가 과거에 이미 시작되었음을 깨닫게 한다.

차례

제1부

왕소나무 숲

    우리 집안사람들은 '새울'에 모여 살았다. 이름을 보면 그곳도 언젠가 '새로 생긴 마을'이겠지만, 뒷동산에 왕소나무 숲이 있는 아주 오래된 동네였다.

    새울에서 바다 쪽으로 벋은 긴 골[장곡長谷]을 막고 또 막으면서 이루어진 마을이 '간사지'이다. 지금은 바깥에 둑이 하나 더 지어졌으나, 전에는 둑이 모두 세 겹이었다. 우리 집은 가운데 둑 옆에 있었는데, 새벽이면 바다에서 몰려온 안개가 그릇에 담긴 솜처럼 둑 사이에 고여 있는 적이 많았다.

    명절날 이른 아침, 우리 식구들은 안개를 헤치며 '안

간사지'의 큰아버지 댁으로 갔다. 안개가 차갑게 몸에 감겨도 내 마음은 한껏 부풀었다. 명절은 모처럼 새 옷을 입고 맛난 것을 먹는, 예사 날과 아주 다른 날이었다. 명절이 다가오면 나는 며칠 전부터 잠을 설치곤 했다.

두루마기를 차려입은 어른들을 따라 제사를 지낸 뒤, 설날 같으면 돌아가며 세배를 드렸다. 세뱃돈 같은 것은 없었다. 제사상에 놓였던 과자, 밤, 오징어 따위가 아이들 차지였다.

아침을 먹고 남자들은 서둘러 새울로 향했다. 우리 최씨 일가─家와 함께 성묘를 하기 위해서였다. 새울은 5리쯤 걸어가야 했다. 어른은 어른끼리 수군거리며, 아이는 아이들끼리 떠들어대며 야트막한 산을 넘는 길로 갔다.

내가 인적 드문 그 산길을 걷는 것은 명절날뿐이었다. 그래서 더 그랬는지 몰라도, 그 길에 들어서면 나는 으레 마음이 조급해지곤 했다. 새울의 왕소나무 숲 때문이었다. 지킴이라도 되는 것처럼 팽나무 한 그루가 우뚝 서 있는 모퉁이를 돌면, 이윽고 동산 하나를 온전히 덮은 소나무 숲이 보였다. 오래된 왕소나무만 우거진 그 동산은 가까이 가서 보면 엄청나게 큰 기와집 같았다.

다가갈수록 그 집의 아름드리 기둥 나무들이 점점 더 커져서, 나중에는 고개를 젖혀야 짙푸른 지붕의 처마가 보일 정도였다.

숲으로 들어서기 전에 우리는 사람 발길이 희미한 길과 만났다. 거기서 언젠가 아버지께서 말씀하셨다.

"지금은 길 같지 않어두, 이게 신작로 생기기 전에 쓰던 큰길이여. 저기 산 너머 '오천항'에 충청도 바다를 지키던 수영水營이 있었넌디, 예전에 한양허구 수영 오가는 큰길이 바로 이거였지. 왜놈 세상이던 우덜 어렸을 적에두 저기 밭 있넌 자리에 주막이 있었어. 참 많이 변했다. 주막뿐이간? 저 아래 논 있넌 곳, 전에는 저기까지 바닷물이 들어왔다니께."

왕소나무 숲속은 낮인데도 컴컴했다. 어른 팔로 두 아름이 넘는, 아주 깊은 생각에 잠긴 듯한 나무도 많았다. 안으로 들어갈수록 온갖 소리가 사라지고, 어떤 기운이 나까지 나무로 만드는 것처럼 느껴졌다. 그곳은 세월이 멈춘 장소였다. 바람이 불면 소나무들이 천천히 흔들리며 가끔 가지 사이로 아득히 먼 하늘을 보여주었다. 어쩐지 시간이 빨리 가는 명절날에, 그 왕소나무 동산은 아득히 동떨어진 섬 같았다.

왕소나무 숲이 끝나고 대나무밭이 나오면 거기가 새울이었다. 당숙 댁은 대나무에 둘러싸여 흡사 새 둥우리 같았다. 그 집 마당에 일가친척이 많이 모여 우리를 기다리고 있었다. 우리는 낯이 선 집안 어른들께 일일이 인사를 드렸다. 당숙 댁은 아들이 많아 형뻘 되는 이가 많았는데, 나와 같은 돌림자를 쓰는 이름들이 다 비슷비슷하여 자꾸 헷갈렸다.

　유난히 키가 작은 당숙께서 나를 쓰다듬으며 하신 말씀이 기억난다. 얘가 작년보다 무척 컸구나. 나중에 지 아베보다 훨씬 크겄어. 그런디 손이 사내답잖게 너머 작구 이쁘구먼.

　당숙모가 내주시는 감주로 목을 축이고 우리 일가는 성묘에 나섰다. 부근의 산자락에 있는 묘에 가기 위해 논둑과 밭둑을 건너갈 때면 줄이 매우 길었다. 내가 그 줄에 끼어 있는 게 마음에 들었다.

　잘 보살펴진 어느 묘에 이르러 당숙께서 말씀하셨다.

　"이 묘는 나헌티는 조부, 그러니께 니덜헌티는 증조부님의 묘다. 우덜은 다 이 어른 자손이여. 이 자리는 명당

으로 이름난 디니께 앞으루 니덜이 화목허게 지내면서
잘 모시고 지켜야 혀."

돌아오는 길에 어른들은 명당 이야기를 오래 하였다.

형들 가운데 하나가 뒤에서 투덜거렸다.

"또 그 명당 얘기! 지금이 어느 시대라구……"

그 형의 형들 중 하나가 핀잔을 주었다.

"동생들 듣넌디 그런 소리 허면 쓴다네?"

성묘를 마친 우리는 큰집에 가서 점심을 먹었다. 그
집은 왕소나무 숲을 뒤에 병풍처럼 두르고 마을 높직한
곳에 있었다.

한번은 그 집에서 한복을 곱게 차려입은 새 며느리가
음식을 내왔다. 얼굴이 뽀오얀 여인이 나를 '도련님'이
라고 부르는 게 이상하면서도 좋았다. 마루에는 그녀가
혼수로 가져온 게 분명한 새 재봉틀이 놓여 있었다. 어
머니가 쓰는 손재봉틀과 달리 발로 돌리는 것이었다.

'국민학교' 3학년인가 4학년 때니까 1960년대 초였다.
추석을 앞두고 우리 마을에서 추렴하여 돼지를 잡았다.
온 동네에 명절 기분이 돌았다. 아이들은 돼지 오줌통에

바람을 넣어 공처럼 만들어서 축구를 하였다. 정신없이 뛰고 있는 나를 아버지께서 부르셨다. 새끼로 묶은 고기 한 덩이를 바구니에 담아주시며 담임 선생님 댁에 갖다 드리라는 것이었다. 나는 선생님이 어디 사는지 몰랐는데, 아버지는 알고 계셨다.

"니 선생이 '장좌울' 사는 류씨 집안사람인 거 물르네? 노인을 모시고 있으니, 갖다 디리구 오너라. 내가 못 가서 죄송허다는 말씀두 디리구."

장좌울은 새울 옆에 있었다. 놀다 말고 나 혼자 거기까지 다녀오기가 정말 싫었다. 하지만 아버지 말씀을 거스를 순 없었다.

장좌울은 새울을 거쳐서 갔다. 간사지 들판을 벗어나 산길로 들어서자 나는 뛰기 시작했다. 으슥하여 조금 무섭기도 했고 공차기가 끝나기 전에 얼른 다녀오고도 싶었다. 그런데 숨이 차서 잠시 쉬려 할 때, 문득 앞에서 왕소나무 숲이 두렷이 나타났다.

온통 가을빛으로 누우런 풍경 속에서 그 숲은 유독 푸르렀다. 변함없이 아름답고 우람한 모습이, 산길이 아주 고즈넉한 탓이었는지, 그날따라 더욱 내가 딛고 선 땅에서 사는 무엇 같지 않았다. 장좌울에 이르기까지 나는 몇 번이고 그 숲을 돌아보았다.

　선생님 댁을 찾기는 쉬웠다. 선생님은 뒤꼍에서 감을 따고 계셨다. 나는 고기가 든 바구니를 드리며 아버지가 전하라고 하신 말씀을 옮기다가 말이 얽혀 우물쭈물 그만두었다. 선생님은 잘 익은 감을 골라 빈 바구니에 넣어주셨다.

　댁에서 나오려는데, 왕소나무 숲이 멀리 건너다보였다. 나는 전부터 알고 싶던 것을 선생님께 여쭈었다. 말 한마디 제대로 못 하고 돌아가는 자신이 부끄러웠기 때문일 것이다.

　"선생님, 저 왕솔밭을 왜 '중당'이라고 헌대유?"

　"궁금쟁이가 또 무슨 생각을 했구나. 너희 최씨네 마을 숲인디, 그걸 네가 모르면 워떡헌다네?"

　선생님은 잠시 소리 없이 웃으며 나를 보다가 말씀하셨다.

　"나도 들은 이야기다만, 지금은 없어졌어도 전에 저 숲에 당집 같은 게 있었다더라. 가을이면 거기서 마을 제사를 지냈다는디, 그 당집 이름이 '중당'이었구, 그래서 수풀도 그렇게 부르는 게 아닌가 싶다."

　나는 꾸벅 인사를 하였다. 그리고 댁을 나서려는데 선

생님께서 이러셨다.

"그런데 당집은 그만두고 이젠 숲까지 없어지게 생겼으니, 그래두 되는가 물르겠다."

나는 깜짝 놀라서 그 까닭이 알고 싶었다.

"저 왕소나무 숲이 누구 개인 소유란다. 그 사람두 최씨는 최씨인 모양이다만, 돈이 필요해서 숲을 목재업자한테 팔었다더라. 그런디 동네 일가붙이가 다들 가만히 있는 모양이여. 저 숲은 보통 숲이 아닌디…… 그래서 너두 놀래는 거 아니냐?"

선생님은 또 잠시 나를 보시다가 덧붙였다.

"새울에서 떨어져 나간 너희 간사지 최씨들은, 새울 최씨들보다 훨씬 더 저 숲에 관심이 읎겄지?"

나는 잘 모르겠어서 다시 여쭈었다.

"저 '중당'이 조상님 명당 같은 건가유?"

"명당이라니, 좋은 묏자리 말이냐? 사람마다 의견이 같지 않겄지만 중당은 마을 숲이고 동제洞祭를 지내던 곳이니께, 나는 명당보다 더 소중하다고 생각한다."

나는 돌아오는 길에 왕소나무 숲가에서 한참 우두커니 서 있었다. 거대한 집 같은 그 숲이 무너지고, 그 터가 바로 앞의 옛길처럼 잡초투성이로 변한다는 게 잘 믿어지지 않았다.

옛길을 따라, 명절 차림에 선물을 든 어느 가족이 꿈결처럼 지나갔다. 그 사람들한테는 평생 잊지 못할 추억일지도 모를 그 장면은, 그들이 지나가자 텅 비어버렸다.

나는 숲으로 들어갔다. 베어진다는 말을 들어서 그런지, 나무들이 아주 늙고 구부정해 보였다. 나는 둥치를 만지며 걸었다. 숲속에서 움직이는 것이라곤 나뿐이었다. 나무들은 무엇을 너무 참거나 기다리기만 하다가 땅에 붙박여버렸는지 몰랐다. 그들과 마지막이라고 생각하니 기분이 착잡하여 나는 멍하니 숲속을 돌아다녔다. 왕소나무 동산 꼭대기에는 당집이 자리 잡았을 만한 빈터가 있었다. 그 위는 숲의 지붕이 무슨 상처처럼 뚫렸는데, 그 구멍으로 쏟아진 햇빛이 땅바닥에 무심히 고여 있었다.

바다가 간사지의 논이 되었으니, 왕소나무 숲도 쑥대밭이 될 수 있었다. 하지만 왕소나무처럼 덩치가 큰 것들이 어째 그리 약한 것인지 도무지 알 수 없었다. 그렇게 오래되고 아름다운 게 왜 아무 잘못도 없으면서 문득 사라질 수가 있는지, 그때 나는 이해할 수 없었다.

봄 바지락

해가 졌어도 하늘은 밝았다. 바다는 끝없이 일렁였다. 갯벌을 가득 덮은 물이 노을에 부풀어 번질거렸다.

우리처럼 마음 급한 사람들이 하나둘 모여들었다. 타지 사람이 많고 우리 마을 사람은 드물었다. 보름사리 때라 물이 엄청 들어왔었구먼. 조개 잡는 도구를 내려놓으며 두런대는 소리가 물결에 젖고 바람에 묻혀 멀게 들렸다.

하늘이 밝은 것은 잠시였다. 노을빛이 사그라지는가 싶더니 간사지의 제방이 멀어지고 앞에 떠 있던 '빈섬'이 검게 다가섰다. 사람들의 두런거림도 커졌다. 참은 버얼써 지났어. 저것 봐, 물이 막 쓰잖여. 그런디 너, 조개가 워처케 새끼 까고 움직여 댕기는지, 그거 알어? ……어느새 사람이 늘어나 바닷가에 그득했다.

성미 누나는 바닥에 잔뜩 기어 다니는 게처럼 안절부절못했다. 어머니 허락 받으랴 이것저것 준비하랴, 누나는 며칠을 조바심쳤다. 나도 가고 싶다고 조르지 않았다면 조개 잡으러 오지 못했을 것이다. 바다에 들어가기 위해 어머니의 알록달록한 통바지를 빌려 입고 헌 블라우스로 단단히 상체를 감싸서 좀 이상했지만, 예쁘고 단단해 보이기는 여전했다.

성미 누나는 우리 가족이 아니지만 부엌일을 도와주며 함께 살고 있었다. 몇 년을 같이 살아 친누나나 같았다. 어머니는 말씀하셨다. 내가 너 잘 데리구 있다 좋은 디 시집보내주겠다구 약조했넌디, 조개 잡으러 갔다가 물에 빠져 죽기라두 허먼, 나는 워쩐다네?

어머니가 밭에 나갔을 때 성미 누나는 비밀이라도 폭로하듯 말했다. 물에 빠져 죽는 게 아니구, 나 바람날깨비 걱정허시는 거여. 쓸디읎는 걱정을 허시는 거라구. 그러니께 네가 같이 가겠다구 자꾸 졸르면 될 껴. 네가 감시허는 심이잖여.

바다에 어둠이 차올랐다. 사람들이 횃불을 켜기 시작했다. 하나둘 켜지는 횃불 위로, 어느새 보름달이 떠올라 있었다.

"뭘 우두커니 보는 겨? 우덜두 물에 들어가야지. 불 켤 준비는 했지?"

누나는 조개를 가려내는 어렝이를 어깨에 걸고 삽을 흔들며 채근하였다.

"아직 물이 많은디, 왜 벌써 들어가?"

"물이 쓰는 대루 한참 따러 들어가야 조개 많은 디가 나온댜. 나가넌 물허구 들어오는 물 사이가 짧으니께 얼른 가서 잡을라구 그러는 거여."

자신 있게 말하는 품이, 또 어디서 잔뜩 얻어듣고 온 게 분명했다. 나는 손잡이 끝에 철사로 헝겊 뭉치를 매단 횃불 도구를 석유 깡통에 담았다.

"달이 떴응께 불은 안 써두 되겠구먼. 다른 사람들 불두 많구."

나는 투덜거리며 누나의 눈치를 살폈다. 하지만 누나는 벌써 물에 들어가 저만큼 가고 있었다. 밤낮 부엌에서만 맴돌다 밖에 나오니 신바람이 난 게 역력했다. 나는 할 수 없이 횃불 도구를 들고 물에 들어섰다. 바닥이 푹푹 빠지는 펄인 데다 물이 허리까지 차서 무척 조심스러웠다.

누가 나를 툭 쳤다.

"너두 왔냐? 그런디 혼자 온 겨?"

옆 동네 사는 호종이었다.

"아녀. 누나랑 둘이 왔어."

"누나허구 둘이? 그럼 조개를 워처케 잡어? 셋은 와야잖어?"

모르는 소리였다. 호종이는 여러 번 와본 것 같았다.

"불 비치구, 모래 퍼 담구, 흔들어서 조개 골르구, 그렇게 셋이란 말여. 나넌 아버지랑 형 따러서, 불 들구 있을라구 왔넌디?"

호종이는 아예 비웃는 투였다. 나는 맥이 빠졌다. 어머니의 음성이 들리는 것 같았다. 애덜이 무슨 조개를 잡는다구 그려! 조개가 느이덜을 잡겄다. 몇 해 전에 거기 갔다가 낙지 구뎅이 빠져서 뭇 나와 갖구 죽은 사람 두 있넌디, 니덜은 그 얘기 뭇 들었냐? ……바다 안으로 들어갈수록, 펄 바닥에서 누가 자꾸 내 발을 잡아당기는 것 같아 슬슬 무서운 마음까지 들기 시작했다.

그때 발바닥의 감촉이 달라졌다. 모래밭이었다. 바닷
속에 딱딱한 모래밭이 있었다. 물도 어느새 깊이가 얕아
졌다. 증말 물 많이 나가네! 사리 때 아니면 우덜 여기까
지 못 들어와! 사람들이 들뜬 목소리로 떠들며 서두르기
시작했다. 호종이도 어느새 앞으로 가버렸다.

"애가 왜 이렇게 느리댜?"

누나가 나타나서 나를 끌었다. 그런데 남들이 조개를
잡기 시작했는데도 누나는 여기저기 기웃거렸다. 사람
이 적고 조개 많은 데를 찾는다는 것이었다. 나는 사람
들한테서 멀어지는 게 무서워, 조개 많은 데를 어떻게
아느냐며 그만 돌아다니자고 버텼다. 남들처럼 어서 조
개를 잡고도 싶었다. 나는 횃불에 불을 붙였다. 누나는
하는 수 없이 자리를 잡았다.

횃불은 생각보다 밝지 않았고 호종이 말처럼 둘이서
는 조개를 잡기 어려웠다. 나는 한 손에 불을 들고 다른
손으로 어렝이를 잡았다. 그러면 누나가 삽으로 물속에
서 모래를 퍼 담았는데, 누나나 나나 힘이 달려서 기껏
둘이 어렝이를 맞잡고 흔들어봐야 돌만 조금 남을 뿐이
었다. 그래도 누나는 돌 사이에 가끔 섞인 조개를 주워

허리에 찬 자루에 담고 다시 분주히 삽질을 했다. 우리가 이왕 왔으면, 조개젓은 못 담거두, 한 끼 조갯국은 끓여야 체면이 스지 않냐? 쟤들이 바다 가서 숫제 놀고 왔다는 소릴 들으면 쓰겄네?

나는 금세 지쳐서 잡는 시늉만 하고 있었다. 옷도 온통 젖어서 차갑고 무거웠다.

보름달이 중천에 올라 물에 아랫도리를 담근 채 분주히 움직이는 사람들의 모습을 꿈결처럼 비추었다. 사람들의 모습이 조개를 잡는다기보다 떼로 모여 이상한 춤을 추는 것 같았다. '빈섬'에서 갈매기가 날아올라 뿌우연 달빛 속을 헤엄치듯 날아갔다.

갑자기 어렝이가 무거워졌다. 누가 불쑥 나타나 모래를 뭉텅 퍼 담았기 때문이다. 모자를 써서 누군지 얼른 알 수 없었다. 그런데 누나의 행동이 이상했다. 그 사람을 바라보더니 말없이 자기 삽으로 상대의 삽을 밀어냈다.

달빛을 등지고 선 그 사람은, 자세히 보니 아는 이였다. 지난겨울에 잠시 우리 사랑방에서 겨울 일꾼으로 살았던, 원철이 형이었다. 나는 인사를 하려 했으나 형이 누나하고 이상한 싸움을 하고 있어서 눈치만 보고 있었다.

그 싸움은 처음에는 삽 밀어내기였다. 자꾸 밀어내도 형이 말을 안 듣자 누나가 이번에는 형이 퍼 담는 모래를 쏟아버렸다. 그러거나 말거나 형은 누나의 손에 들린 어렝이를 향해 모래를 계속 퍼부었다. 조개를 잡자고 하는 짓이 아니었다. 나는 어떻게 돌아가는지 몰라 누나의 표정을 살폈다. 횃불을 얼굴 가까이 기울여보니, 놀랍게도 누나는 화난 얼굴이 아니었다. 입귀에 웃음기마저 머금고 있었다.

우리는 어느새 한 조가 되었다. 나는 횃불을 들고 서서, 누나가 형이 퍼 주는 모래를 못 이기는 척 받아서 흔드는 모습, 골라낸 조개를 자루에 담고 또 담는 광경을 쳐다보기만 했다. 누나는 그렇게 한참 동안 말없이 조개를 잡았다. 그러다가 형이 소라 몇 개를 한 삽에 퍼 올리자, 어머, 거기 더 파야겠네, 소라는 가족이 모여 산다는디 어쩌구 하며 천연스럽게 혼잣말을 했다.

사람들이 자리를 뜨기 시작했다. 밀물 들어오는 때가

된 모양이었다.

누나가 조개 자루를 허리에서 풀었다. 제법 무거워 보였다. 원철이 형이 그것을 들어주려 하자 누나는 조용히 뿌리쳤다. 형이 멋쩍은지 나한테 말을 걸었다.

"봄 바지락조개가 워째 맛있넌 중 알어?"

나는 어쩐지 어색하여 모르겠다는 시늉만 했다.

"여름철에 새끼를 칠라구 봄이면 몸에 살이 올러서 그런 겨. 그래서 배가 볼록한 게, 생긴 것두 제일 이쁜 때라니께."

원철이 형의 목소리가 꽤 컸다. 누구 들으라고 하는 것 같았다. 누나가 놀라는 눈치더니, 황급히 내 손의 횃불을 채어다가 물에 처박아 꺼버렸다. 하지만 형은 여전히 큰 소리로 말을 계속했다.

"내 말이 틀린가, 이 조개 점 봐라. 요새 배동바지 때 이삭 올라오넌 보리처럼 통통허니 이쁘잖여?"

누나가 내 팔을 잡아끌며 서둘러 앞으로 나아갔다. 나는 영문은 몰라도 눈치는 챘다. 그래서 조금 미안하지만, 누나를 따라 얼른 형한테서 멀찍이 떨어졌다. 혹시 호종이가 우리 셋이 같이 조개 잡는 걸 봤으면 어쩌나 하는 생각이 후딱 지나갔다.

원철이 형이 우리를 따라왔다. 누나는 앞만 보며 바삐 걸었다. 형을 모르는 체하는 모습이, 아까하고는 영 딴판이었다. 그래도 형은 줄곧 우리 가까이 붙어서 또 무어라고 말을 걸 태세였다. 섭섭해서 그러는지, 아까처럼 누나와 싸움 같지 않은 싸움을 하느라 그러는지 알 수 없었다. 바닷물에서 나올 무렵에야 형은 자기 동네 사람들에 휩쓸려 가버렸다.

땅바닥을 밟으니 살 것 같았다. 아랫도리가 온통 개흙 투성이였다. 검푸른 하늘을 가로지르는 은하수가 금방이라도 쏟아질 것 같았다. 그걸 보니 문득 목이 말랐다.

집으로 가는 신작로가에는 보리밭이 숨을 죽이고 있었다. 안개 젖은 달빛에 부풀어 올라 보리밭은 끝이 보이지 않았다. 무슨 비밀을 속삭이듯 바람이 일어 배동 선 보리들이 가만히 물결치면, 내 몸이 먼 세상으로 떠가는 것 같았다. 어쩐지 그게 슬프지 않았다.

누나가 동네 사람 안 듣게 가만가만 말했다.

"엄마헌티 얘기 안 헐 거지?"

나는 금방 알아듣고, 그러겠다고 했다. 공범자가 된 기분이 들어서 좋았다. 어머니가 알면 나까지 좋을 턱이 없었다. 나도 가만가만 말했다.

"그런디, 원철이 형은 누구허구 조개를 잡으러 온 겨?"

"물러. 누구랑 왔겠지."

누나가 짧게 대답했다.

그해 여름이었다. 이웃집 수복이 어머니가 앞마당을 지나다가 큰 소리로 말했다.

"아 글쎄, 워떤 것이 우리 밀밭을 망쳐놨네그려."

어머니가 놀라서 물었다.

"저어기 산밭 말유? 워떤 짐승이 해필 밭이서……"

"짐승은 무슨…… 아, 호밀이 자알 컸넌디, 속에 들어가 다 자빠트려 놨구먼."

어머니가 나를 흘끗 보았다. 그리고 또 내 옆에서 콩을 까고 있는 성미 누나를 쳐다보았다. 나는 못 들은 체했다. 누나는 들었는지 못 들었는지 콩만 계속 까고 있었다.

물레방앗간 사람

　오서산은 어디서나 보였다. 우리 면面은, 주변의 모든 산을 압도한 이 큰 산의 품에 오롯이 안겨 있었다. 우리 동네 아이들은 10리 가까운 길을 걸어 '청소 국민학교'에 다녔는데, 학교 오가는 길 어디서나 오서산이 우리를 바라보고 있었다.

　이상하게도 그 산은 봉우리가 따로 없었다. 꼭대기가 뾰족하지 않고 지붕의 용마루처럼 평평한 채 옆으로 길어서, 그 품이 더 크고 넓어 보였다. 아이들은 그 산 위에는 난리 때 옛날 사람들이 숨었던 성이 있다고 했다. 툭하면 나서기 좋아하는 영조는 성이 아니라 귀한 산삼이

자라는 넓은 밭이 있다고, 올라가서 본 것처럼 말했다. 믿기 어려웠지만 가보지 않았으니 나는 무어라 대꾸할 수 없었다.

학교 길에서 비라도 만나면, 오서산은 달라 보였다. 그 산은 빗줄기 너머 아득히 먼 하늘에 신비스럽게 떠 있는 것 같았다. 하지만 우리는 땅바닥에서 곱다시 젖고 떨었다. 우산이 없기도 했고, 있어 봐야 바다 쪽에서 늘 바람이 세차게 부니 별 소용이 없었다. 물꼬 보러 다니는 어른들이 가마니에 구멍을 뚫어 옷처럼 입고 다니듯, 비료나 시멘트 부대가 있으면 한쪽을 갈라 커다란 고깔처럼 머리에 쓰고 다니는 게 전부였다.

오서산의 물은 한 골로 모여 큰 시내를 이루었다. 학교 가는 길은 그 둑을 거쳤다. 우리는 '태천 모퉁이' 근처에서 신작로를 버리고 거기로 들어섰다. 신작로가에는 엄청나게 큰 미루나무 두 그루가 붙어 서 있었는데, 기묘하게도 뿌리가 서로 껴안은 모습으로 드러나 있어서 지나가기가 좀 떨떠름했다.

시냇가에는 사철 흐르는 맑은 물에 닦인 돌들이 하얗게 빛났다. 냇물 곳곳에 설치된 무넘기는 논물 대기에 이로운 건 물론이고 우리들의 좋은 놀이터였다. 냇둑을 타고 가다 보면 징검다리가 나오고 그 맞은편에 물레방 앗간이 있었다. 거기를 지나 들판을 한참 더 가야 학교 가 눈에 들어왔다.

징검다리는 물에 잠기곤 했다. 비로 물이 불어 다릿돌 들이 묻히면, 우리는 어깨나 허리에 걸쳤던 책보를 풀어 고무신과 함께 둘둘 말아 싼 다음, 머리에 올려놓고 턱 밑에서 묶었다. 그런 다음 한 줄로 손을 잡고 맨발로 시 내를 건넜다. 신발도 사람도 물에 떠내려가지 않게 하기 위해서였다. 그때 물이 무서운 애들은 공연히 노래를 불 렀다. 나도 자주 부르곤 했는데, 물에 빨려 드는 느낌을 잊으려고 그러기도 했지만, 좀 이상스런 말 같아도, 다리 에 감기는 물살의 감촉이 기분 좋아서 그러기도 했다. 노 래는 항상 내가 제일 좋아하는 「산바람 강바람」이었다.

산 위에서 부는 바람 서늘한 바람
그 바람은 좋은 바람 고마운 바람
여름에 나무꾼이 나무를 할 때
이마에 흐른 땀을 씻어준대요.

물레방아는 탕탕거리는 발동기나 윙윙대는 전기 모

터를 사용하는 '기계방아'에 밀려 별로 이용하는 사람이 없었다. 그래도 가끔 그 방앗간은 가까운 상류에서 끌어온 물을, 시냇물이 오랜 세월 땅을 파고들어 생긴 낭떠러지에 떨어뜨려 물레를 돌리고 있었다. 곡식을 얼마나 찧는지 안 찧는지는 알 수 없었지만.

알 수 없기는 그 주인도 비슷했다. 우리는 그를 '물레방앗간 사람'이라고 불렀는데, 나이가 들어 '아저씨' 같으나 장가는 들지 못했다고 했다. 그건 몸에 흉한 점이 있기 때문이라고도 하고, 말을 잘 못하기 때문이라고도 했다. 영조가 그 사람이 폐병쟁이에다 벙어리라고 떠들기에 내가 정말이냐고 캐물었더니, 그런 소문을 들었다고 얼버무린 적도 있었다. 어쨌든 외딴 물레방앗간에서 늙은 어머니와 단둘이 사는 그 사람은 살빛이 거무스레하고 덩치가 커서 보통 사람하고는 달라 보였다.

물레방앗간 옆을 지날 적마다 우리는 괜히 무서웠다. 하지만 우리가 서로 손을 잡고 불어난 물을 건널 적이면 그가 나타나 바라보고 있는 때가 있었다. 한번은 말없이 물에 들어와 키가 작은 애를 번쩍 안아서 따로 건네주었는데, 어쩐지 그 사람하고 어울리지 않는 행동 같았다.

큰물이 지면 냇물은 무시무시한 흙탕물로 변했다. 이런 때 오서산 물은 고맙지 않았다. 간사지는 바다와 가까운 저지대라서 이 물이 다른 물과 합쳐져 미처 빠지지 못하고 차오르면 농사를 망칠까 봐 어른들은 걱정이 컸다. 그래도 우리한테는 여전히 좋았다. 물바다에 길이 아예 묻히면 학교를 못 가니까, 바다로 빠지지 못하고 집 앞마당까지 차오른 물에 둥둥 떠다니는 온갖 것들을 구경하며 신나게 놀면 그만이었다.

아침저녁 친구끼리 하는 인사도 '재건再建!'으로 하라고 학교에서 법석을 떨던 1961년 여름이었다. 간밤에 제법 비가 많이 내렸다. 아침을 먹으면서 어른들이 냇물 걱정을 하셨지만, 나는 꼭 학교에 가야 했다. 며칠 뒤에 열리는 노래 대회에 우리 반 대표로 뽑혀 매일 연습을 하고 있었기 때문이다. 비도 그치고 들판도 멀쩡하니 괜찮을 성싶었다.

'터진목'에는 동네 아이들이 반쯤 나와 있었다. 나는 혼자 가는 게 싫어서, 냇물은 걱정할 것 없다고, 손을 잡고 건너면 될 거라고 큰소리를 쳤다. 우리는 다른 날처럼 왁자지껄 떠들어대며 학교를 향해 출발했다.

막상 징검다리에 도착해보니, 물이 엄청나게 불어 있었다. 다릿돌들이 놓였던 데조차 짐작이 잘 안 가고, 호박이나 수수 같은 농작물에 돼지우리의 초가지붕 비슷한 것까지 둥둥 떠내려갔다. 우리끼리 건너갈 수 없는 물이었다. 아까 한 말을 주워 담고 싶은 심정으로 나는 우두커니 서 있었다. 아이들이 저마다 무어라고 떠들어 댔지만 의견은 둘 중 하나였다. 다른 길로 내를 빙 돌아서 상류에 놓인 다리를 건너자는 말과, 그래 봐야 학교에 엄청 늦을 터이고, 돌아올 때도 먼 길을 걷느라 고생이 심할 테니 아예 학교에 가지 말자는 말이었다. 핑곗거리가 좋다 보니 입씨름은 금세 그냥 집으로 돌아가자는 쪽으로 결판이 났다.

나는 학교에 가야 했다. 노래 대회가 갑자기 열리는 바람에 연습 시간이 워낙 짧은 데다 그런 대회에 나가는 게 생전 처음이라 어떻게든 상을 받고 싶었다. 잠시 내가 어쩌는지 살피던 아이들은, 쟤는 갈 수 있다고 했으니 가게 놔두고 우리는 마을 '황토배기'에 가서 흙 놀이나 하자는 영조의 말에 우르르 몰려가 버렸다. 둑에는 나 혼자만 남았다.

나는 상류에 놓인 다리로 가는 길을 알지 못했다. 가

면 가기야 하겠지만 먼 길을 혼자 가기가 싫었다. 게다가 사실은 나도 학교에 가고 싶지 않았다. 부르는 노래가 마음에 안 들었다. 두 곡을 부르게 되어 있는데, 한 곡은 내 뜻대로 「산바람 강바람」으로 정했으나, 다른 한 곡은 대회 참가자 모두가 강제로 불러야 하는 지정곡이었다. 그 노래가 썩 재미없는 데다, 바로 전날 알게 된 사실인데, 노래라면 우리 학교 최고라고 소문난 기옥이가 1반 대표로 부른 뒤에 바로 내가 나가서 같은 노래를 다시 부르는 게 도무지 마음에 안 들었다. 그러나 무얼 했다 하면 무조건 일등을 해야 한다는 담임 선생님한테 냇물 형편이나 내 기분 따위가 통할 리 없었다. 학교에 안 가면 무척 꾸중을 듣고, 노래 대회는 대회대로 망칠 게 뻔했다.

나는 뒤얽힌 심정으로 우두커니 서 있었다. 그런데 건너편에 또 나처럼 서 있는 사람이 눈에 띄었다. 물레방앗간 사람이었다. 그는 아까부터 이쪽을 줄곧 바라본 모양이었다.

그의 눈과 내 눈이 맞았다고 느낀 바로 그때, 물레방앗간 사람이 누우런 물로 들어서더니 내를 건너기 시작했다. 나는 놀라서 헛보았나 싶었지만 정말이었다. 물이 허리까지 차는데도 그는 태연히 내를 건너왔다. 그의 큰 덩치가 유난히 당당해 보였다.

그는 나에게 다가와 손을 내밀었다. 같이 건너가자는 뜻이었다. 정말 믿기 어려운 노릇이긴 하나, 금방 건너오는 걸 내 눈으로 보았으니 망설이고 말고가 없었다. 책보에 신발을 싸서 머리에 잡아맨 다음, 그의 손을 붙잡고 물로 들어섰다.

한데 막상 들어서 보니 냇물은 엄청나게 달랐다. 아이들끼리 손을 잡고 건너던 때보다 훨씬 깊고 물살이 거셌다. 물레방앗간 사람도 몸을 가누는 게 예사롭지 않았다. 나는 부쩍 겁이 났다. 그를 따라 물에 들어선 방금 전의 결정이 후회되었다. 내가 매달리다시피 한 사람이 버티지 못하고 자빠지거나 발을 헛디뎌 손을 놓아 버리면, 눈 깜짝할 새에 바다 쪽으로 떠내려가 주검마저 찾기 어려울 게 뻔했다. 나는 떨리고 숨이 막혔다. 몸이 굳어 잘 놀려지지도 않았다. 그때 그가 내 손 대신 허리띠를 움켜쥐며 말했다.

"노래! 노래!……"

노래를 부르라는 말 같았다. 물이 바다처럼 넓어 뵈는 큰물 진 시내 한가운데서, 그의 팔과 옷자락을 죽어라

붙잡은 나한테 노래를 부르라는 것이었다. 그때 번개처럼, 노래를 부르라면 무조건 불러야 한다는 생각이 스쳤다. 나중에 돌이켜보니 말도 안 되는 생각이었지만, 그때는 그 사람도 무섭기는 무서울 테니 그를 위해서라도 노래를 불러야 할 성싶었다. 나는 안간힘을 쓰며 목에서 소리를 짜냈다. 요새 밤낮으로 외우는 노래 대회 지정곡이었다.

펄, 펄, 펄, 휘날리는
재건의 깃발 아래서,
조국을 위해서라면
물불을 가리겠느냐?

와글대는 물소리에 섞여 그의 목소리가 들렸다. 크게! 크게! 삼킬 듯 요동치는 물살을 보지 않으려고 눈을 질끈 감은 채, 물이 가슴팍까지 차오르는 바람에 덜덜 떨며 나는 계속 노래를 내질렀다. 곡조고 뭐고 따질 겨를 없이, 마른오징어 씹듯 한 마디 한 마디 짓씹으며.

젊음의 피가 끓는다.

일터로 달려 나가자!

개척의 크나큰 영광,

뭉치자! 재건의 동지!

갑자기 물소리가 잦아들었다. 모든 게 끝장인 것 같아 가슴이 졸아들었다. 간신히 정신 차리고 눈을 떠보니 어느새 우리가 건너편 물가로 나가고 있었다. 물을 벗어나자, 자리에 펄썩 주저앉으며 나는 한숨을 쏟았다.

"그게…… 무슨 노래여?"

그도 숨을 몰아쉬며 말했다. 애를 쓴 탓인지, 입술이 시퍼렇게 변해 있었다.

"「재건의 노래」유. 요새 학교서 배워유."

나는 머리에 묶었던 책보를 풀어 신을 꺼냈다. 책보 안에는 어머니가 간식거리로 싸준 누룽지가 있었다. 나는 그에게 그거라도 주고 싶었다. 큰물 때 그가 업어 건넨 아이가, 어머니가 보냈다면서 누룽지 주는 걸 본 적이 있었다.

"군인들이 총 들구 일어나더니, 그런 노래를 불르라구 헌단 말여? 핵교서 강제루다가?"

"그류. 나지오(라디오)서두 요새 자주 나오넌 노래유."

누룽지 내미는 내 손을 물리며 그가 말했다.

"안 줘두 되어. 그런디, 그런 노래는 부르지 말어."

나는 문득 깨달았다. 이제 보니 그 사람은 벙어리가 아니었다. 나는 그의 말이 더 듣고 싶었다.

"워째 부르지 말어유?"

나는 그의 몸 어디에 커다란 점이 있는지도 알고 싶어 유심히 살폈다. 과연 등에 검은 점이 있었다. 젖은 옷이 몸에 달라붙어 있어 짐작이 되었다. 하지만 생각보다 크지 않았다.

"말이 안 되잖여. '물불을 가리겠냐'구? 그러엄, 가릴 건 가려야지, 안 가리면 쓰간디? 그러구 '동지'가 뭐여? 애덜이 누구허구 동지를 헌단 말여?"

퉁명스럽기는 해도, 그는 말을 잘했다. 그것도 우리 동네 애들처럼 마구 떠들어대는 게 아니었다. 무슨 뜻인지는 자세히 몰라도, 허투루 들을 말은 아닌 성싶었다.

나는 어쩐지 그에게 미안했다. 그리고 그 노래를 부르지 않겠다고 약속은 못 해도, 무작정 그걸 잘 불러 상을 타려는 마음은 버려야겠다는 생각이 들었다. 나는 누룽지를 도로 책보에 싸고 그의 당당한 체구 앞에 깊이 고개를 숙여 고마움을 나타냈다. 그의 어깨 너머로 태천

모퉁이의 미루나무가 아득히 보였다. 멀어서 아주 작아
보였다.

비에 씻긴 오서산이 투명한 햇살 속에 성큼 다가와 있
었다.

동네 애들한테 물레방앗간 사람에 대해 무어라고 이
야기할까 생각하며 나는 학교로 바삐 걸음을 옮겼다. 그
가 내 허리띠를 움켜쥐고 냇물을 건네준 일이라면 몰라
도, 다른 이야기는 아이들이 잘 믿지 않을 것 같았다.

밤

정월 대보름날 어머니는 떡을 쪘다. 아궁이의 장작불이 사그라지고 들판에 어스름이 깔리기 시작할 즈음이면, 떡이 다 익어 시루에서 구수한 김이 올라왔다.

형과 나는 며칠 전부터 마루 밑에 준비해둔 쥐불 깡통과 거기에 넣고 태울 관솔 주머니를 곁눈질하며, 집 안을 구석구석 청소했다. 그리고 방마다 불을 켜고 처마에도 남포를 걸어 마당을 밝혔다. 여동생이 졸졸 따라다니며 그러는 까닭을 물어서, 나는 들은 것에 살을 붙여 말했다. 오늘 밤은 불로 어둠을 몰아내는 밤이랴. 갖고 놀던 연을 낮에 불태우는 거 봤지? 추운 겨울이 갔으니께

다 없애구 새로 봄을 맞이하는 거여.

저녁을 먹고 나면 이내 한밤이었다. 하지만 보름달이 떠서 사방이 훤히 보였다. 구름이 달을 스치기라도 하면 그 그림자가 빈 들판을 훑었다.

어머니는 세수를 하고 깨끗한 옷으로 갈아입으셨다. 그런 다음 떡시루가 놓인 부뚜막의 아궁이 앞에서 조왕신께 빌었다. 빌기를 마치고 부엌문을 여시면, 나는 하얀 정화수 대접이 놓인 개다리 상을 부엌에서 우물가 장독대로 옮겼다. 그 상에는 무를 파서 만든 종지에 들기름을 붓고 실로 꼰 심지를 박은 등잔도 놓여 있었다.

우물가에서도 어머니는 빌었다. 하얀 한지에 불을 붙여 허공에 받쳐 들고 아주 간절하게, 바로 옆 사람한테 속삭이듯 빌었다. 그 소지燒紙 불덩어리는 마지막까지 어머니 손에서 타다가 하늘로 떠올라 갔다. 그 불덩이에 실린 어머니의 소원이 달빛 젖은 밤하늘에 아스라이 스며들었다.

형과 나는 어머니가 시루에서 잘라주는 팥 시루떡을 집 안 곳곳에 가져다 놓았다. 먼저 대문에 놓은 다음 곳간이나 마루의 기둥같이 집에서 중요한 곳에 놓았다. 굴뚝 아래처럼 어두운 데에 떡 접시를 놓을라치면 무엇이

다가와 슬그머니 나를 만지는 듯하여 조금 무서웠다.

그다음 순서는 거리제였다. 어머니는 함지에 시루를 담아 머리에 이셨다. 나는 또 정화수 대접과 들기름 등잔이 놓인 상을 옮겼다. 등잔이 바람에 꺼지지 않도록 아주 조심했다. 그것도 대보름 밤의 또 하나의 불, 어쩐지 어머니를 닮은 듯한 불이었다.

형이 큰길에서 우리 집으로 들어오는 갈림길에 깨끗한 짚을 열십자 모양으로 놓고 기다리고 있었다. 어머니는 짚 위에 떡시루와 함께 북어, 무나물 따위를 놓았다. 그리고 또다시 빌었다. 붉은팥을 한 움큼씩 사방으로 던지며, 이번에는 무엇을 원하기도 하고 쫓는 것도 같은 말씀을 하셨는데, 여전히 소리가 작고 밤이 아득하여 알아듣기 어려웠다. 하지만 나는 짐작으로 알았다. 올해 농사도 잘되고, 우리 집에 나쁜 게 들어와서 식구들 해치지 않게 해주십시오……

거리 제사가 끝나면 어머니는 떡을 짚 위에 내어놓고 잠시 그대로 두라고 하셨다. 어머니가 시루를 이고 집으로 들어갈 때면, 벌써 들판 저쪽에서 불붙은 쥐불 깡통 몇 개가 빙빙 돌며 이쪽으로 움직이고 있었다. 설레는 가슴을 누른 채 나는 보이지 않아도 보고 있었다. 그 불보다 더 많은 수의 아이들이 밤안개 속에서 이곳으로 다가오고 있는 모습을.

어머니가 집에 들어가기 전에 하시는 말씀이, 모습은 안 보이고 소리만 들렸다. 얘덜아, 불조심허거라. 불놀이헐 나이가 지나지 않았냐…… 형과 나는 쥐불 깡통을 가져다 놓고, 어머니가 드린 음식을 보이지 않는 존재가 다 먹을 때를 기다렸다. 그 존재는 아주 흡족한 듯, 우리와 우리 집을 은은한 달빛으로 품어주었다. 여태 잠들지 않은 새가 소리 없이 허공을 가로질렀다. 가냘픈 들기름 등잔이 아직 꺼지지 않고 그 옆에 누운 북어의 부릅뜬 눈을 희미하게 비추는 그 어름에, 우리는 더 참지 못하고 마침내 쥐불 깡통에 불을 붙였다.

그것을 신호 삼아 뿌우연 달빛에 가려져 있던 애들이 형체를 드러냈다. 애들은 거칠게 달려들어 금세 떡을 먹어치우고 북어를 찢어발겼다. 어머니가 음식을 대접한 존재가, 애들이 하는 짓을 기쁘게 보고 있는지 괘씸하게 보고 있는지 모를 일이었다. 나는 먹지 않았다. 어머니가 소원을 빈 신령스런 존재에게 드린 음식이므로 우리 식구는 먹으면 안 될 성싶었다.

다 먹고 난 아이들은 다시 쥐불 깡통을 챙겨 들고 거

리제를 지내는 다른 장소를 찾아 이동하였다. 형과 나도 뒤처질세라 그들 무리에 따라붙어 깡통을 돌리고 논둑에 불을 지르며 들판을 가로질렀다. 어둠도 두렵지 않고 아랫도리가 흙투성이가 되는 것도 상관없었다. 불빛 속에서 긴 그림자를 끌며 떼 지어 움직이는 우리가 흡사 짐승 무리 같았다. 우리가 마구 불붙인 마른풀 더미의 불꽃이 순간 허공을 찌르면, 불티가 빨려 드는 하늘 저편의 은하수가 쏟아질 듯 기울어 보였다. 불을 숭배하는 종교가 있다는 말을 떠올리며 열기를 피해 고개를 돌렸을 때, 검푸른 하늘 아래 문마다 환하게 불을 밝힌 우리 집이 어둠에 취해 있었다. 그걸 보고 있으니, 내가 동생한테 한 말과는 다르게, 대보름 밤은 불로 어둠을 몰아내는 밤이 아니라 어둠이 불을 안아주는 밤 같았다. 그리고 내가 왜 그토록 이 밤의 불놀이를 기다려 왔는지가 어렴풋이 짐작되었다.

벼를 베어 논둑에 낟가리 해놓으면 타작은 그때부터 시작이었다. 잘 마른 볏단을 날라다가 우리 집 바깥마당에 노적가리를 쌓고, 고운 흙을 펴서 물을 뿌리며 마당

바닥을 고르게 다져야 겨우 준비가 끝났다. 탈곡기를 발
로 밟아 돌리다가 발동기로 돌리게 되어 작업량이 늘어
나자, 벼농사를 많이 짓는 우리 집 '바슴'(타작)마당은
전쟁터 비슷도 하고 동네 잔치 마당 비슷도 하였다. 온
동네 일꾼이 달려들어 벼를 나르고 떨고 저장하느라 밤
늦도록 북새통을 이루었기 때문이다.

오전부터 일꾼들은 볏짚 '탑세기'(먼지)가 뽀얗게 앉
은 얼굴로 씨익 웃으며 자꾸 말했다.

"어머니헌티 말씀드려. 이 집이 곡식이 많아서 닭두
참 통통허다구 말여."

그렇잖아도 어머니는 벌써 닭을 몇 마리 따로 묶어놓
고 있었다. 그 닭을 잡아 뒤꼍에 따로 놓인 커다란 솥에
넣고 곰탕을 끓이노라면 어느덧 저녁이 가까워졌다. 타
작마당에 벼 담을 빈 가마니 가져다 놓으랴 아궁이에 계
속 불을 때랴 그사이에 나도 제법 바빴다. 마른 솔가지
는 탈 때 불길이 세어도 금방 타버려, 아궁이에서 눈을
떼기 어려웠다.

해가 서산을 넘고 저녁 짓는 연기가 빈 들판에 가라앉
으면 나는 집 안 곳곳에 등불을 켜서 매달았다. 어둠은
부드럽고 친숙하게 다가오다가, 우리 집에서 몇 걸음 뒤

로 물러났다.

탈곡기 소리가 멈추어도 일은 끝나지 않았다. 마당에 쌓인 벼를 가마니에 담아 곳간으로 나르는 행렬이 이어졌다. 무거운 벼 가마니를 등에 지고 종종걸음 치는 일꾼들의 머리 위에서 별들이 쳐다볼 때마다 많아졌다.

마당을 정돈하고 나면 밤은 이미 이슥하였다. 온몸에 붙은 먼지를 대충 털고 일꾼들은 안마당 멍석에 놓인 몇 개의 두레상에 둘러앉았다. 남포의 빛이 약해서 귀퉁이에 앉은 사람들은 얼굴이 잘 보이지 않았다. 어이구, 우리 동네는 원제 가야 전기가 들어오는 겨? 자네 손자 때나 들어올 텡께 힘들게 지달리지 말어…… 곡식을 많이 주워 먹어 그런가, 이 집 닭 증말 살쪘구먼.

부엌 일손이 모자라서 옆집 아주머니들까지 도왔으므로 그 집 식구들도 모두 와서 마루에서 함께 저녁을 먹었다. 이게 새루 나온 밥그릇이래유? 뻬(플라스틱)루 만들어서 옛날 쓰던 바가지처럼 가볍기넌 허구먼, 위째 양은그릇버덤 비싼지 물러……

벼가 많이 나서 기분이 좋을 때, 아버지는 여인네들한테까지 막걸리를 권했다. 어머니는 커다란 그릇에 더 먹을 밥을 수북이 담아 멍석 가운데 내놓았다. 내외를 하

는 여자들을 위해 마루에도 따로 밥을 놓았다. 그 밥들
이 남으면, 어머니는 없는 집 아주머니를 어두운 부엌으
로 이끌어 치마폭에 남몰래 싸주었다.

일꾼들은 타작마당에서 사그라드는 모닥불에 담배를
붙여 물며 두런거렸다. 마당가에는 오늘 나온 볏짚을
쌓아 올린 집채만 한 짚누리가 여럿 솟아 있었다. 이 집
바슴 끝났으니께 올해두 거진 다 간 심이구먼. 그들은
불빛에서 벗어나 짚누리 사이 어둠 속으로 녹아들듯 사
라졌다.

나는 바지랑대에 높이 매달았던 남포등을 내려 유리
갓을 들고 훅 불어서 껐다. 그 순간, 어둠이 세상에 가득
찼다. 풀벌레 소리가 와락 달려들고, 싸늘한 공기에 새
삼 소름이 돋았다. 눈이 어둠에 익으니 하루 종일 다지
고 다져진 마당이 물에서 떠오르듯 어둠 속에서 조금씩
드러났다. 매끈한 마당 바닥이, 나중에는 온 천지에 가
득한 것들까지, 점점 나와 하나가 되는 느낌이었다.

나는 신을 벗고 가만가만 맨발로 마당을 밟아보았다.
부드럽고 매끄러운 흙의 감촉이 온몸에 퍼졌다. 노곤한
몸에 젖어드는 그 그윽하고 충만한 느낌을 더 오래 맛보
고 싶어서, 나는 텃밭머리 개죽나무를 그냥 바라보며 우

두커니 서 있었다. 가끔 바람이 일면, 개죽나무 잎들이
손짓하듯 팔랑이는 게 느낌으로 보였다.

똥섬

똥섬은 원래 밀물 때만 섬이 되는, 갯벌 속의 작은 동산이었다. 바닷물이 둑에 막히자 이 '똥 무더기처럼 생긴 섬'은 육지가 되었다. 새 땅을 찾아 간사지에 모여든 사람들이 의지할 데를 구하다가 이 짜디짠 곳에 집을 지었다. 초가집 두 채가 겨우 들어섰다.

그 두 집이 함께 쓰는 마당은 고운 개흙이 다져진 좋은 놀이터였다. 아직 짠 기가 덜 빠져 소금이 하얗게 핀 거기에서 노을이 질 때까지 구슬치기, 자치기, 비석 치기 따위에 골몰하다 보면, 저녁 짓는 연기가 낮게 깔린 벌판 저편에서 밥 먹으라고 부르는 어머니의 목소리가 아득하였다.

  똥섬에 있는 두 집 가운데 아래가 진석이네 집이었는
데, 조금 이상한 모습이었다. 집이 아주 작고 조금 기울
어지기도 했지만 높이 쌓아 올린 회색 개흙의 벽이 울
타리처럼 빙 둘러져 있었다. 사립문 자리에도 문은 없고
그냥 흙만 둔덕져 있었다. 그래서 밖에서 보면 초가지붕
이 흙더미 속에 조개껍데기처럼 파묻혀 있는 것 같았다.
  그 집이 왜 그런 모양인지는 홍수가 났을 때 알았다.
비가 많이 오면 이 골 저 골의 물이 지대가 낮은 간사지
로 몰리는데, 바다가 밀물 때라 수문을 열지 못하면 벌
판 가득 황톳빛 물이 차올랐다. 그러자 똥섬은 다시 섬
이 되었다. 이때 높은 곳에 있는 윗집과 달리 진석이네
집은 물에 파묻히기 쉬웠다. 물이 차오르니 울타리 같은
흙벽은 물 막는 둑이 되었다. 벽이 터져 있는 사립문 자
리에 흙을 더 쌓아 물을 막아보다 큰물이 빠지면 다행이
지만, 그렇지 않으면 윗집으로 피난을 갔다. 벌판을 덮
은 누우런 물가에 모여 물에 잠긴 벼와 똥섬을 걱정하는
동네 사람들 속에서, 진석이네 집이 지붕만 남고 온통

물에 잠긴 걸 본 적이 있다.

　진석이네는 우리 집과 먼 일가였다. 벌초하러 가는 아
버지를 따라 새울에 갔을 때 풀 베는 사람 가운데서 진
석이 아버지를 본 적이 있었다. 홍수가 지난 뒤, 무슨 이
야기 끝에 아버지가 혀를 끌끌 차셨다. 진석이 아버지한
테 그 집을 버리고 딴 데로 이사해라, '터진목' 너머 우리
밭 귀퉁이를 줄 테니 거기라도 좋으면 새로 집을 지으라
고 했지만, 도대체 말을 않는다는 것이었다. 말은 안 허
구 빙긋빙긋 웃기만 허니, 아 그 속에 무슨 생각이 들었
는지 알 수가 있나. 워디서 남의 말 듣다가 된통 혼나기
라두 했는지 원……

　딱지치기, 자치기 같은 놀이는 제법 잘했지만 진석이
도 자기 아버지처럼 좀처럼 말을 하지 않았다. 진석이가
말을 아주 못하는 건 아니고, 발음이 또렷하지 않아 자꾸
흥잡히다 보니 더욱 말을 하지 않게 된 성싶었다. 식구
가운데 진석이 어머니가 그래도 남들과 말을 나누는 편
이었으나 동네에서 별로 쳐주지 않기는 마찬가지였다.
　진석이 어머니는 틈만 나면 둑 너머 갯벌에 가서 게를

잡곤 했다. 게가 구럭에 차면 함지에 담아 이고는 10리 가까이 걸어서 면 소재지로 갔다. 식당에 넘기거나 장터에서 판다고 하였다. 게를 많이 잡지 못한 날은 게를 가지고 우리 집으로 왔다. 일꾼을 많이 쓰기에 늘 반찬 걱정을 하는 어머니는 많든 적든 진석이 어머니의 게를 받아 게장 단지에 넣었다. 그리고 철마다 쌀이나 보리 같은 곡식을 주었다.

나 어린 진석이 동생을 업은 채 게를 가지고 온 진석이 어머니한테 찬밥을 내놓으며 어머니가 말씀하셨다. 나는 발 하나가 유독 붉고 큰 황바리(농게) 수놈을 마루에 놓고 이리저리 몰며 놀고 있었다.

"인저 그이(게) 점 구만 잡지그려? 애 업구 뻘 속에서 너머 힘들겠구먼."

"땅이 읇으니께…… 가만히 놀먼 진석이 아베가 자꾸 말했싸서……"

"진석이 아베가 진석이 어메한테는 말을 허남? 재미난 소리두 허구?"

아기한테 밥을 먹이던 진석이 어머니가 그 소리에 부끄러운 듯이 웃었다. 그 얼굴에 허연 버짐이 피어 있었다.

"애기년 안 데리고 갈 때두 있슈. 진석이가 있으니께."

"진석이가? 그게 이 갓난쟁이를 워쳐케 돌보나?"

어머니가 아기의 콧물을 닦아주었다.

나는 진석이한테 조금 놀랐다.

어느 초여름 날 오후였다. 나는 설핏 낮잠이 들어 있었다. 잠결에 아버지의 예사롭지 않은 음성이 들렸다.

"그 말을 듣더니, 진석이 아베가 얼굴이 하얘져 가지구 논둑에 주저앉아 꼼짝을 뭇 허더라구. 그러니 내가 일허다 말구라두 같이 가봐야지 워쩌겠나?"

"그래, 돈이 얼마나 돼유?"

"자세히는 물러두, 몇백만 환은 되겠더먼."

"그렇게 많어유? 그 집에 웬 돈이 그렇게 있을까."

"부엌 구석지에 항아리를 박아놓구넌, 품삯이건 그이 판 값이건 돈이 생기먼 다 거기 넣어둔 모냥여. 이장이 화폐개혁 헌다구 헐 때 뭐 했너냐께, 진석이 아베 모처럼 헌다는 소리가 뭔지 아남? 나중에 헤두 될 줄 알구 그랬다, 넘들 다 허구 나면 가만히 헐라구 그랬다, 그러더구먼. 진석이 어메는 발발 떨기만 허구…… 사람덜이 원 그렇게 어두워서야……"

아버지가 한숨을 쉬셨다.

"면사무소에선 뭐라구 헙디까?"

"소용없댜. 딱헌 사람이니 그레두 무슨 방도를 좀 찾어달라니께, 나라에서 정한 기간이 끝나서 워디 가두 새 돈으루 바꿀 수 옰다년 소리만 되씹어대더먼. 세상에 내참…… 그렇게 날짜를 쪼끔 줘놓구 이런 사람 안 봐주면 워떡허너냐구, 화가 나서 내가 면 서기헌티 막 해부쳤네."

"아이구, 그게 워떤 돈인디……"

어머니가 거의 울 것처럼 말했다.

진석이 어머니는 여전히 게를 잡아 팔러 다녔다. 하지만 그 일이 있은 후 진석이 아버지는 술꾼이 되었다. 일은 안 하고 술에 취해 다니다가 새참 먹는 데 나타나서 막걸리를 얻어먹기만 하니, 동네에는 그에게 술을 주지 말자는 말이 돌았다. 아버지도 술을 안 마셔야 일을 시켜준다고 방침을 정했다.

하지만 진석이 아버지는 변함없이 술에 취한 채 마당가에 짚 토매를 깔고 앉아 우리 노는 모습을 멍하니 쳐다보곤 했다. 진석이가 딱지를 칠 때 윗도리 앞섶을 열어 바람을 많이 내서, 덩치가 조금 큰 수복이하고 단추를 채우라느니 못 하겠다느니 승강이가 벌어져도 불콰한 얼굴로 쳐다만 보았다. 네 아버지 생각해서 봐준다고, 수복이가 엉뚱한 소리를 하며 인심 쓰듯 물러섰을 때에도 여전히 무표정한 얼굴이었다. 그러다 어디론가 사라졌다.

어느 날 어머니가 바구니에 고구마를 담아주시며 진석이네 가서 주고 어떻게 사는가 보고 오라고 하셨다. 진석이네 집에는 진석이밖에 없었다. 엄마가 게 잡으러 가서 점심도 못 먹었는지, 진석이는 가져간 날고구마를 대충 옷에 문지른 뒤 맛있게 먹었다. 진석이가 점심을 못 먹는 날이 많을 거라는 생각이 들어 마음이 짠했다.

"오늘은 엄마가 애기를 데리구 그이 잡으러 갔네?"

"아녀. 애기넌 저, 저기 방에 자구 있어. 내가 노, 노래를 불러줬거든."

"노래? 무슨 노래……?"

의외로 진석이는 대뜸 노래를 부르기 시작했다.

아기는 잠을 곤히

자고 있지만

갈매기 울음소리
맘이 설레어

다 못 찬 굴 바구니
머리에 이고

엄마는 모랫길을
달려옵니다

　나도 좋아하는 노래 「섬집 아기」였다. 곡조가 엉망이
었지만 나는 정말 놀랐다. 진석이가 노래를 부를 때는
전혀 더듬지 않았기 때문이다. 하지만 그 가사가 내가
아는 것과 달랐다. 나는 진석이가 가사를 외우지 못해
멋대로 지어낸 거라고 생각했다.
　그날 진석이는 자랑스런 표정으로 자꾸 무슨 말을 하
였다. 자세히 들어보니 아버지가 인천에 가서 취직을 했
다, 그래서 곧 거기로 이사를 갈 거라는 말이었다. 그러
고 보니 진석이의 머리가 말끔히 깎여 있었다.

며칠 뒤에 진석이를 앞세우고 진석이 어머니가 인사를 왔다. 아주 떠나는 길인지, 진석이 동생을 업고 머리에는 보따리를 인 채였다. 그녀는 진석이 아버지가 자기 형의 도움으로 인천에서 일자리를 얻었다고 했다. 인천은 어떻게 갈 것이며, 진석이 아버지는 언제 어디서 만나기로 했는지를 어머니는 자세히 물었다. 그리고 밀린 겟값이라면서 돈을 쥐어주고, 사는 게 어려우면 언제든지 간사지로 돌아오라고 하시며 눈물을 흘렸다.

나는 진석이한테 무어라고 하고 싶었으나 그냥 마당가까지 주춤주춤 따라만 갔다. 그때 진석이가 나를 뚫어져라 보더니 잘 있으라고 또렷이 말했다. 나는 불쑥 그의 손을 붙잡고 흔들었다. 어른들이 하는 악수를 한 셈이었다.

주인이 떠난 뒤로, 진석이네 집은 전보다 더 작고 기울어 보였다.

가끔 나는 진석이가 보고 싶었다. 음악책을 보니 진석이가 부른 노래는 「섬집 아기」의 2절이었다. 거기 나오는 '갈매기 울음소리'를 자세히 들어보니 꼭 아기 우는 소리 같았다. 진석이가 왜 하필이면 2절을 좋아했는지 알 것 같았다.

어느 날 공놀이를 하다가 공이 튀어 들어가는 바람에 진석이네 집에 들어서게 되었다. 부엌에 솥이라든가 그릇 따위의 세간살이가 뽀얀 먼지를 뒤집어쓴 채 그대로 있었다. 너무 보잘것없어서 누가 가져가지도 않은 듯했지만 진석이네가 돌아오면 그런대로 지낼 수 있을 것 같았다. 뒤꼍에는 샘이 있었다. 낡은 두레박으로 떠먹어 보니 전혀 짜지 않았다. 우리 동네에서 그런 샘은 드물었다. 간사지 한가운데의 똥섬에서 그런 물이 솟는 게 신기했다.

나중에 큰 홍수 때 진석이네 집은 결국 무너졌고, 그 윗집도 그곳을 떠났다.

똥섬에 아무도 살지 않아도, 목이 마르면 진석이네 샘물을 먹으며 한동안 우리는 계속 그곳 마당에서 놀았다. 저녁연기가 노을에 물들 무렵이면 밥 먹으라고 부르는 어머니의 목소리도 여전히 아득하였다.

어머니

어머니는 붉은 자운영 꽃밭에 서 계시다. 벌들이 귀에 가득 잉잉대고, 어머니의 팥죽색 치마가 바람에 날린다. 어머니가 웃으며 나를 바라본다. 으깨어진 자운영에 물든 나의 맨발. 어머니 얼굴에는 아무 근심도 없다.

어머니를 생각하면 으레 그 광경이 떠오른다. 내가 열 살쯤 먹었을 때다. 마당가의 넓은 논은 자운영 꽃으로 가득했다. 그 무렵 어머니는 몸이 부쩍 더 아파서 줄곧 약을 잡숫고 있었다. 집에는 늘 한약 냄새가 떠돌았다. 너희들을 더 키워놓아야 하는데…… 어머니가 한약을 짜면 나는 그 건더기를 가지고 뒤꼍으로 갔다. 그렇다.

자운영 꽃이 피는 봄에는 뒤꼍의 아그배나무도 하얀 꽃으로 뒤덮였다. 하늘에 바치는 커다란 꽃다발 같은 그 나무의 둥치에 한약 건더기를 쏟을 때, 내 가슴에는 간절한 무엇이 고이곤 했다.

자운영 꽃밭에서 나는 고무신을 벗어 손에 들고 있었다. 그것으로 벌을 잡겠다고 맨발로 이리 뛰고 저리 엎어졌지만, 사실 나는 벌보다 어머니를 좇고 있었다. 어머니의 얼굴에서 웃음이 사라지지 않게 하려고 안간힘을 썼다.

정월 대보름이나 단오에는 우리 동네 아낙네들도 모여서 놀았다. 남자만 사람인감? 여자덜두 일 많이 허니께, 좀 놀아야 혀. 그런 날 오후가 되면, 그렇게 서로를 불러내어 큰아버지 댁 사랑방으로 모여들었다. 각자 들고 온 찐 고구마와 부침개를 나누고 막걸리 잔도 몇 바퀴 돌고 나면, 슬금슬금 노래를 흥얼거리며 어깨춤을 추었다. 친구들과 놀다 말고 달려와 나도 다른 애들처럼 방문턱에서 안을 기웃거렸다. 우리 어머니들은, 아니 거기 모인 여자들은 그날따라 어쩐지 좀 이상했다.

이윽고 분위기가 무르익으면 사람들은 늘 어머니의 옆구리를 쿡쿡 찔렀다. 나중에는 달려들어 팔을 붙잡아 억지로 일으켰다. 큰어머니가 바느질할 때 쓰는 긴 잣대를 가져다 손에 쥐어주면, 마지못한 듯 어머니는 연주를 하기 시작했다.

그것은 이상한 연주였다. 어머니가 잣대를 코에 대고 슬슬 문지르면 무슨 소리가 났다. 흡사 피리를 불거나 현악기를 연주하는 것 같았다. 나는 처음에 그 소리가 잣대에서 나는 줄 알았는데, 실은 어머니가 코로 내는 소리였다. 텔레비전은커녕 라디오도 드물던 그 시절에 어머니가 무엇을 흉내 냈는지 모른다. 그 콧소리가 무슨 곡조였는지도 알 수 없다. 어머니가 연주를 시작하면 다른 이들이 일제히 환성을 지르며 열광했기 때문에 잘 들리지도 않았다. 하지만 방 안 가득한 열기만큼이나 흥겨운 곡조였을 것이다. 그 연주는 한참이나 계속되었다. 콧소리만으로는 답답한지, 나중에 어머니는 소리 높여 노래까지 부르며 다른 여인네들과 함께 춤을 추었다. 어머니의 얼굴은 붉게 상기되고 땀에 흠뻑 젖었다.

그때 어머니의 얼굴은 낯설었다. 아버지가 목청을 높이면 말없이 부엌으로 가버리던 얼굴, 글쓰기가 서툴러서 어린 나한테 친정으로 보내는 편지를 써달라고 하던 그 얼굴이 아니었다. 그때 어머니는 우리 집과 간사지 동네를 떠나 있었고, 비록 잠시 동안이지만, 얼굴에서 화안한 빛이 났다.

장날에는 아침부터 설렜다. 학교가 파하면 나는 서둘러 장터로 갔다.

장터 입구에는 늘 달걀 장수가 쭈그리고 앉아 장꾼들이 집에서 들고 오는 달걀을 사 모아 지푸라기로 열 개씩 묶고 있었다. 그는 한국전쟁 때 손을 다친 상이군인이었는데, 불편한 손으로 용케 달걀을 묶었다. 하지만 나는 그의 손재주를 조금만 구경하고는 얼른 장마당으로 들어섰다.

내가 가는 길은 정해져 있었다. 고모네가 하는 찐빵 가게를 일부러 피하면서, 먼저 어물전으로 들어섰다. 갈치, 가오리, 빈뎅이 따위에서 나는 비린내가 코를 찔렀다. 질퍽한 바닥에 가마니를 펴고 바다에서 건진 해초를 낫으로 베어 든 채 '거저유, 거저!'를 외치는 사람도 있었다. 어머니가 식초를 쳐서 무쳐 먹기 좋아하는 바닷말이었다.

장이 서지 않는 날에도 항상 석탄불이 꺼지지 않는 대장간을 지나면 드팀전이었다. 옷감은 바닥에 펼쳐놓고 옷가지는 낮은 대나무 기둥에 줄을 매고 걸어놓아서 주인이든 손님이든 얼굴이 다 보였다. 거기까지 찾는 모습이 보이지 않으면, 나는 초조해졌다.

그 옆은 싸전이었다. 싸전이라야 쌀과 잡곡 따위를 도래방석에 쏟아놓고 사고파는 몇 사람과, 장 구경 나온 노인들이 막걸릿집 앞에서 우중우중 모여 있는 곳이었다. 이제 뻥튀기 장수가 연기를 피우며 튀김 솥 달구는 데를 지나면 장마당이 끝나므로, 거기서 나는 다시한 번 자세히 살폈다. 작은 목판에 떡을 놓고 파는 아주머니, 찢어진 고무신을 때우는 노인, 지겟다리에 닭이나개를 묶어놓고 팔리거나 말거나 졸고 있는 아저씨……어머니는 보이지 않았다. 어쩌다 어머니 같아 달려가 보면, 머리에 수건을 쓴 그 아낙네는 넙데데하고 눈초리가째진 낯선 얼굴이었다.

정말 어쩌다가 어머니를 만날 때가 있기는 있었다. 그러면 나는 와락 달려들어 어머니의 치마폭을 붙잡았다. 어린애처럼 무슨 짓이냐고 뿌리치시면, 치마를 몰래 잡았다 놓았다 하며 어머니 뒤를 졸졸 따라다녔다. 그 집 딸이 벌써 시집갈 나이가 되었느냐며 누구와 중매 이야기를 오래 나누던 어머니는, 마침내 잡화 가게 앞에서 멈췄다. 그리고 마른오징어를 쳐다보는 나를 모른 체하며 무게를 달아 파는 과자 한 봉지를 사서, 조금만 먹고 집에 가서 형제들과 나누어 먹으라고 하셨다.

바지락조개 두 보시기를 돈과 바꾸러 나온 노인네, 돈 받기 부끄러워하는 그 먼 친척 할머니 손에 돈을 쥐어주던 우리 어머니. 그 옆에서 조금씩 녹여 먹던 싸구려 과자는 정말 달콤했다.

가을이 수굿해지면 어머니는 구절초 베러 갈 준비를 하였다. 통바지를 빨아 말리고, 칼과 낫을 잘 갈아서 날에 볏짚을 감았다. 당일 아침에는 일찍 일어나 도시락을 싸서 다른 것과 함께 자루에 넣었다.

구절초가 많이 자란다는 태봉산은 우리 집 옆의 둑에 올라서면 잘 보였다. 하지만 거기로 가는 길은 멀었다. 고개를 넘으면 또 고개요 골짜기마다 낯선 동네가 나타났다. 대나무 숲에 둘러싸인 어느 마을에서 어머니는 지푸라기를 구해다가 낡아서 자꾸 벗겨지는 고무신을 발과 함께 묶었다.

꼬박 한나절을 걷기만 하면서도 나는 얼마나 더 가야 되는지 묻지 못했다. 어머니가 드실 약초를 구하러 가는 길이었기 때문이다. 인가가 사라지고 길도 희미해져 약초는 그만두고 집으로 돌아갈 길조차 잃는 게 아닌가 싶을 무렵, 갑자기 눈앞에 하얀 꽃밭이 펼쳐졌다. 질펀한 산자락을 온통 뒤덮은 구절초 꽃이었다.

그 꽃은 작지만 볼수록 끌렸다. 하얀 꽃잎에 엷은 보랏빛과 붉은빛이 섞여 있었다. 그 꽃밭에서 점심을 먹은 뒤, 준비해간 자루에 가득가득 구절초를 베어 담았다. 꾹꾹 눌러 담은 터라 자루 하나를 새끼로 감아 등에 졌을 때 집에까지 갈 일이 아득했다. 그러나 어머니는 뿌리가 더 약이 된다고, 흙 묻은 뿌리째 눌러 담은 자루를 세 개나 지고도 묵묵히 앞장서 나아갔다.

우리는 다시금 걷고 또 걸었다. 고무신이 자꾸 벗겨져서 나중에 어머니는 아예 신을 벗은 채 걸었다. 금방이라도 상처가 날 것 같아 어머니의 작은 발에 자꾸 눈길이 갔다. 날이 저물고 어둠이 어머니 무릎까지 차올랐을 때에야 우리는 집에 도착했다.

그 구절초를 오래 말린 후 큰 솥에 넣고 삶을 때, 어머니는 나를 부뚜막에 불러 앉혔다. 6학년 올라가는 내가 형을 뒤따라 서울로 전학을 떠나기 얼마 전이었다. 한나절 내리다 그친 빗물이 초가지붕에서 똑똑 떨어지는 소리가 고즈넉이 들리는 어스름 때였다.

"이걸 끓여서 오래 먹으면 내 병이 낫는단다. 이런 것 말고 양약두 많이 먹을 거여. 그러니 서울 가서 에미 걱정은 말고 공부만 혀. 형하고 싸우지 말구…… 참말이지 공부가 뭐라구 어린것들을…… 나는 안 죽는다. 너희들 잘 사는 것 보기 전까지는……"

구절초 삶는 씁쓸한 내가 가득한 부엌에서 어머니는 그렇게 스스로 다짐하고 약속했다. 어머니가 말씀하신 '잘 사는 것'이란 남들이 다 바라는 출세 같은 게 아니었다. 어머니는 그런 걸 원하지 않으셨다. 아니 자식한테든 남한테든 무얼 내놓고 요구한 적이 없었던 성싶다. 미안허다, 미안혀…… 더 무엇을 어떻게 해볼 수 없을 때 어머니가 하신 말씀은 그것뿐이었다. 평생 당신이 태어난 땅에서 타고난 것만 지키며 사셔서 그런지 모른다. 당신 부모님이 일찍 돌아가신 터라, 어려서부터 세상이 너무 넓었기 때문인지도 모른다.

고향의 오일장은 오래전부터 서지 않는다. 장이 서던 좁은 마당은 이제 흔적마저 사라져가고 있다. 하지만 내 마음속의 장터는 적당히 넓은 데다 여전히 장이 서고, 그 가난한 마당에서 나는 변함없이 곱고 인정 많은 어머니를 찾아 헤맨다.

　그 장터는 자운영 꽃, 아그배나무 꽃, 구절초 꽃으로 가득하다. 거기서 항상 나는 어리고 어머니는 젊다. 우리가 '잘 사는 것'을 보기 전에는 돌아가시지 않겠다던 약속, 다른 사람도 아니고 당신 스스로 한 그 약속을 어머니는 지키려고 애쓰신다. 그래서 나는 그 꽃밭에서 여인네들에 둘러싸여 콧소리 연주를 하는 어머니를 찾을 수 있다.

　하지만 찾은 적보다 찾지 못하는 적이 더 많다. 그 장터에서 어머니를 정 찾지 못할 때면, 내 입속에는 어머니가 사준 그 과자의 단맛이 맴돌고, 뺨에 닿을 듯 어머니의 팥죽색 치마가 날리다 사라진다. 미안허다, 미안혀…… 어머니의 그 음성이 들리기라도 하면, 나는 끝 모를 자운영 꽃밭을 하염없이 맨발로 뛰곤 한다.

제2부

서울 길

무거운 공기가 동네를 덮었다.

아침에 어머니는 먼 동네 혼인 잔치에 가면서, 무얼 이미 다 아는 것처럼 거푸 당부하셨다. 사람들이 선호 찾으러 가면 당최 따라가지 마라. 요새 너, 말 잘 안 듣넌디, 그러면 못쓴다.

한 집의 근심이 온 마을의 근심이던 시절이었다. 아버지는 동네 어른들과 함께 마을 부근을 훑었다. 오후에 어른들은 바다 쪽으로 갔다. 내가 얼음판에 가보니, 어른들을 따라갔는지 놀기로 한 애들이 아무도 와 있지 않았다. 나는 그러고 싶지 않았다. 어머니 말씀 때문만은 아니었다.

나무토막에 철사를 박아 엉성하게 만든 '발 스케이트'를 꺼내놓은 채 나는 얼음판을 서성였다. 며칠 전 만났을 때, 선호 형은 완전히 딴사람이 되어 있었다. 중병이 든 사람처럼 눈이 움푹 들어가고 나를 보고도 피하는 기색이었다. 원래 깡말랐던 사람이 더 수척해 보였다. 내가 놀라는 걸 보고 형의 어머니는 말없이 고개를 돌렸다.

형은 어려서부터 근방에서 제일가는 수재였다. 선호를 본받아라. 걔는 출세헐 애여. 아 글쎄, 아궁이에 불을 때면서두 영어책을 들구 있더라…… 우리 동네 아이들은 모두 그런 말을 들으며 자랐다. 선호 형네는 우리 집에서 멀지 않았다. 나는 숙제를 하다가 모르는 게 있으면 일부러 선호 형한테 가서 묻곤 했다. 풍금을 치면 잘 어울릴 것처럼 희고 기다란 손, 그 손으로 책장을 넘기며 형은 자세히 가르쳐주곤 했다.

애들은 아무도 얼음을 지치러 오지 않았다. 무슨 구경이나 난 듯이 선호 형 찾는 데로 몰려간 게 분명했다. 이건 아니다! 그 말이 내 가슴팍을 훑었다. 그때 얼음이 깨지면서 오른발이 물에 빠졌다. 나도 모르게 발을 굴렀는지도 몰랐다. 차디찬 기운이 온몸에 뻗쳤다. 나는 남은 발이 안 빠지게 하려 해봤지만 소용없었다. 얼음 바닥은 쩍쩍 금이 가며 힘없이 무너져 내렸다. 두 발이 모두 차가운 물에 젖어버렸을 때, 나는 어쩐 일인지 될 대로 되라는 심정이었다. 그래서 밖으로 나가기는커녕 그냥 그대로 마구 걸었다. 논바닥에 가둔 물이라 깊지는 않았다. 나는 연신 흙탕에 파묻히는 발을 끌어내고 얼음 조각들을 짓밟으며 앞으로 나아갔다. 두 발이 잘려 나가는 듯 시리고 아팠다.

이내 발에 감각이 없어지고 몸을 가누기도 힘들어졌다. 나는 간신히 논둑으로 기어 나왔다. 겨우 허리를 펴고 스케이트를 챙기는데 저쪽에서 누가 다가왔다. 그제야 나는, 누가 내 모습을 보았다면 미친 녀석인 줄 알 거라는 생각이 들었다.

"거기서 뭐 허냐? 발이 시리지두 않은가베."

건너뜸에 사는 경숙이였다. 나는 할 말이 없어서 딴소리를 했다.

"누나는…… 바다에 안 갔네?"

별로 가까운 사이가 아니라 '누나'라고 부르기 어색했지만 어른이 다 된 이웃 동네 여자를 달리 부를 말이 없었다. 그녀가 서슴없이 나한테 다가와서 친누나라도 되는 듯이 흙투성이가 된 내 바지를 털어댔다.

"죽은 사람 찾는 디를, 뭣 허러 가? 어제저녁에 책상 서랍서 유서가 나왔다는디."

그녀가 똑똑 부러지는 투로 말했다. 유서라는 말에 나는 맥이 풀렸다.

"다들 선호가 똑똑헌 줄 아는디, 헛똑똑이여. 공부만 잘하면 뭐 하냐? 성공을 해야 똑똑헌 거지. 성공은 그만두구 도대체 저 꼴이 뭐여."

경숙이 누나는 전에 선호 형과 중학교를 같이 다녔으니 무언가 짐작 가는 게 있을지 몰랐다. 하지만 시키지 않은 말까지 늘어놓으며 선호 형을 깎아내리는 게 못마땅했다. 어깨에 멘 스케이트를 그녀가 대신 들어주려고 했으나 나는 몸을 빼어 거절했다.

"너, 인제 중학교 졸업허지? 여드름 보니께 지금 사춘기 맞구먼. 방학 끝날 때 됐는데 원제 서울 가네? 내가 너 만날라구 애쓴 거 물르지?"

뜬금없는 소리였다. 나는 오는 일요일에 간다고 말했다.

"느이 형하고 같이? 아니면 너 혼자 가냐?"

내가 혼자 간다고 하자 잘됐다며 호들갑스럽게 손뼉을 쳤다. 뭐가 잘됐다는 건지 알 수 없었다.

논두렁을 벗어나 큰 둑에 올라서자 바다 쪽에서 바람이 세차게 불어왔다. 나는 바다 쪽을 훑어보았다. 거기, 두려워하던 광경이 보였다. 바다를 막은 기다란 제방의 끝, 큰 수문이 있는 그곳에 사람들이 모여 있었다. 언제나 물이 시퍼렇게 고여 있는 데였다.

경숙이 누나도 그걸 보았다. 하지만 바람에 날리는 자기 머리칼을 움켜쥐며 딴소리를 했다.

"너 서울 갈 때 나 좀 데리구 가줄래? 친구가 영등포 있는 공장 갔는데, 나더러 오랴. 취직시켜준댜."

나는 대답하지 않았다. 맥이 풀린 데다, 그녀에 관해 안 좋은 소문을 들은 적이 있었다.

"내가 서울 길이 처음이잖어. 나 좀 도와주라. 여기서 이대루는 진짜 못 살겠어."

그녀의 머리칼이 계속 바람에 날렸다. 유난히 길고 풍성한 머리였다. 눈도 크고 몸집도 큰 모습이 못 살겠다는 말과 어쩐지 어울리지 않았다. 나는 금빛 목걸이가 걸려 있는 그녀의 뽀얀 목덜미를 보지 않은 체했다.

"도와줄 거지? 그런디, 이건 비밀이야. 아버지가 겁나게 반대하걸랑. 너도 절대 아무한테도 말하면 안 돼. 알었지?"

그녀가 혼자 멋대로 결정을 내렸다. 서울말을 쓰려고 애쓰는 티가 났다.

"그 공장은 기숙사도 있구, 나처럼 고등학교 다닐 때를 놓친 사람이 많다는디, 나도 가서 같이 검정고시 준비헐래. 공부허라구 나라에서 돈까지 준다지 뭐냐."

공부를 하러 간다는 말에 내가 관심을 보이자, 그녀가 말을 보탰다.

"아버지덜이 딸은 사람으로 치지두 않는 거 알지? 얌전히 집에만 있다가 시집가라는디, 요새 세상에 너도 그게 맞다구 생각하는 건 아니지?"

내가 고개를 끄덕였다. 누나한테는 그게 여러 가지 뜻인 모양이었다.

"그래, 네가 내 부탁 들어줄 줄 알았어. 아까 얼음판 깨는 걸 보니께, 워쩐지 그럴 것 같더라."

무언가 들킨 기분이 들었다. 나는 아무렇지도 않은 척하며 말했다.

"열 시 반 기찬데, 역에서 누가 보면……"

"정말 그렇네! 역시 똑똑해. 그럼 나는 '진죽'역에서 안 타구 버스로 앞질러 가서 '광천'역서 탈 텡께, 너는 꼭 그 기차를 타기만 혀!"

겨울이라 일찍 어두워졌다. 얼음판에서 동상이라도 걸렸는지, 발바닥이 줄곧 얼얼했다. 나는 아랫목에 발을 묻고 석유 등잔의 심지를 돋우었다. 눈물이 나야 하는데, 나지 않았다.

선호 형은 어느 땐가부터 나와 내 형이 사는 서울 집에 자주 찾아왔다. "자고 가도 되냐?" 방에 들어서며 형은 항상 그 말부터 했다. 두어 달 전에도 통행금지가 임박한 시간에 왔었다. 내 형은 친구네 가서 마침 혼자 있었다.

전처럼 자주 오지 않아 궁금하던 참이었다. 선호 형은 항상 짧게 깎은 머리에 깔끔한 차림이었는데, 그날따라 차림새가 허술하고 몹시 피곤해 보였다. 눈빛이 이상하게 날카로웠고 손도 거칠고 상처투성이였다.

형이 무척 곤궁한 데다 무엇에 쫓기는 사람 같아서 그날 나는 알고 싶은 것을 묻지 못했다. 잠들기 전에 형이 말했다. 너도 시를 좋아한다구? 그런데 나는 시를 읽은 게 언제인지 모르겠다. 시는 너무 섬세하고 감정을 자극해. 세상은 무디고 거친데, 시는 마음을 약하게 만들어…… 너무 책만 읽지 마라…… 형은 다음 날 새벽에 내가 깨기도 전에 가버렸다.

저녁밥 먹을 때가 지나도 아버지는 오시지 않았다. 선호 형의 주검을 수문에서 찾았는데, 흉한 일이라 서둘러 오늘 밤에 장사를 치르기로 했다고, 그래서 아버지도 그 일 도와주고 있다고 어머니가 그러셨다.

"천하에 불효막심헌 자식! 다 큰 놈이 철없이 그런 짓을 혀? 일류 대학 들어가면 뭣 혀? 인물 났다구 다덜 부러워헸넌디 지 부모 가슴이다 못을 박어두 원……"

어머니의 목소리가 가늘게 떨렸다. 찌개에서 고기를 찾으며 형이 말했다.

"선호 형이 무슨 큰 병이라도 걸렸어요? 사람 꼴이 말이 아니라구, 소문이 났던데."

그 말에 어머니는 대답하지 않았다. 며칠 전 내가 선호 형네 다녀와 여쭈었을 때도 그랬던 게 생각났다. 어머니는 한숨을 쉬며 다른 말씀만 하셨다.

"예전버텀 기술 배워서 돈 벌라구 개 아버지가 그렇게 두 권했건만, 애옥살이허는 처지에 굳이 대학 가겄다구 고집 피우더니, 결국 저 꼴 났구먼."

형이 다 짐작하고 있었다는 투로 말했다.

"철학과 같은 델 들어갈 때 내가 좀 이상하다 싶었어.
일류 대학 병이 들어서 아무 학과나 입학한 건데…… 얘,
선호 형이 저번에 왔을 때 쫓기는 사람 같더라고 했지?"

"그래, 그랬어. 그런데 선호 형은 철학과에 가고 싶어
서 갔댔어. 왜 마음대로 거짓말을 해? 일류 대학 병이 든
게 아니라구!"

나도 모르게 언성이 높아졌다.

"네가 뭘 안다고 핏대를 세우고 그러냐? 전부터 네가
왜 항상 그 형을 편드는지 모르겠더라. 하여간 그렇게
책밖에 모르는 사람이, 쫓길 일이 뭐가 있겠어? 네가 잘
못 본 거야. 그러면…… 실연을 당했나? 맞아, 그런 거
야. 자존심이 강하니까 견딜 수 없었겠지."

고등학교 상급반이 되면서 형은 마구 잘라 말하기를
좋아했다. 어머니가 형한테 무슨 말씀을 하려다 말았다.
형이 눈치를 채고 태도를 바꾸었다.

"대학 공부든 연애든 간에, 쉽지 않았을 거예요. 시골
고등학교 우등 졸업한 게 서울서 통했겠어요? 게다가
집에서 생활비도 제대로 못 대주었을 텐데."

다들 자기 마음대로 생각하고 있었다. 형, 경숙이 누
나, 어머니…… 모두 선호 형 마음을 모르는 것 같았다.

아니 알 수 없을 것 같았다. 선호 형은 다른 사람들하고 달랐다. 무엇이 달랐는지는 잘 모르겠지만, 그래서 형은 남들과 어울리기 어려웠다. 남들과 다르면, 그토록 살기 어려운 걸까?

갑자기 어머니가 나를 똑바로 보았다.

"그런디 너, 아까 경숙이허구 무슨 얘기 헸네?"

둑 위에 같이 있는 걸 보신 모양이었다.

"얘기는 무슨 얘기요? 물에 빠진 걸 보고 괜찮으냐고 그래서……"

"그 누나, 꽤 예뻐졌더라. 며칠 전에 나더러 서울 언제 가냐고 묻던데?"

"너헌티 개가 그걸 왜 묻는다네?"

어머니가 이번에는 형을 똑바로 보았다.

"모르겠어요. 보나 마나 남들처럼 서울 가고 싶은 맘이 있어서 그러는 거죠."

어머니는 가볍게 역정을 내셨다.

"물른다면서 아는 체허냐? 너희들, 경숙이 개가 뭐라던 물르는 체헤라. 그러구 선호 일두, 잘 물르면 워디 가서 절대루 아는 체허구 나서지 말어. 무서운 세상이니께, 꼭 명심덜 혀."

변소에 가는가 싶더니 형은 그예 없어졌다. 선호 형 장사 지내는 데 간 게 분명했다.

안방 쪽 어머니의 기척을 살피다가 나도 살그머니 집을 나왔다. 며칠 전 내린 눈이 채 녹지 않아서, 그런대로 앞이 분간되었다. 어둠이 눈에 익자 걸음이 빨라졌다.

선호 형네 집 쪽을 보니 불빛이 많지 않았다. 사람들이 이미 떠난 모양이었다. 형이 공부를 하던 방, 벽과 천장에 흰 창호지를 발라 아주 깨끗했던 그 방이 어둠에 묻혀 있었다. 예전에 그 방 벽에는 그림이 많이 붙어 있었다. 비록 잡지나 달력에서 오린 것들이라도 내가 보기에는 작은 미술관 같았다. 외양간과 가까워도 시골에서는 아주 색다른 방이었다.

그림들 사이에는 형이 붓으로 베낀 시들도 압핀에 꽂혀 있었다. 그중 하나가 기억났다. 괴로운 사람아 괴로운 사람아 / 옷자락 물결 속에서도 / 가슴속 깊이 돌돌 샘물이 흘러 / 이 밤을 더불어 말할 이 없도다……* 기둥이

---

* 윤동주의 시 「산골 물」의 일부. 홍장학 엮음, 『정본 윤동주 전집』(문학과지성사, 2004), 101쪽.

휘어지고 벽도 기울었던 그 방이 너무 희었던 걸까? 그 좁은 방에 시와 그림이 너무 많이 붙어 있었던 걸까?

건너편 산자락에 불빛이 여럿 흔들리고 있었다. 장사 지내러 산을 오르는 사람들이었다. 나는 길을 버리고 그쪽을 향해 걷기 시작했다.

발밑에서 얼어붙은 밭두둑이 푸석거리며 무너졌다. 나는 몇 번이나 발을 헛디디고 비틀거렸다. 밭을 지나 군데군데 눈이 쌓인 산비탈로 접어들었을 때, 결국 무슨 줄기 같은 것에 걸려 자빠지고 말았다.

어둠 저쪽에서 목소리가 들렸다. 아무 디나 묻어주게. 어두운디 멀리 가너라구 애쓰지덜 말구, 그저 우리 집서 안 보이넌 디만 묻어주어.

선호 형 아버지의 목소리였다. 예예, 하는 대답에 이어 등불 두엇이 앞서간 다른 등불들 쪽으로 움직였다. 등불 옆에서 검은 덩어리 같은 게 여럿이 함께 움직이고 있었다. 잘 보이지 않지만 일꾼 말고도 많은 사람이 산을 오르고 있는 모양이었다. 보통 사람들하고 달랐으나, 보통 사람들의 구경거리가 되어, 보통 사람들처럼 흙에 묻히는 몸뚱어리…… 나는 문득, 내가 도대체 무엇을 하러 가고 있는지 한심한 생각이 들었다. 지금 어둠 속에

서 도둑고양이처럼 주검을 따라가고 있는 구경꾼들과
나도 별로 다르지 않다는 생각이 들었다.

나는 방향을 바꾸었다. 장사 지내러 가는 불빛을 등지
고 숲을 가로질렀다. 숲은 더 어둡고 험하였다. 마른 덤
불과 나뭇가지가 앞을 가로막았다. 몸에 감기는 것들이
사정없이 나를 할퀴어댔고, 자다가 놀란 새들이 푸드덕
거리며 놀라 흩어졌다.

너른 산밭이 나왔다. 그 밭 귀퉁이에 철 지난 원두막
같은 게 서 있었다. 그런데 거기서 불빛이 반짝였다. 나
는 피할지 부딪칠지 잠시 망설였다. 그때 낯익은 목소리
가 들렸다. 경숙이 누나의 목소리였다. ……맞어, 선호
가 우덜허구 말두 잘 안 했잖어. 혼자 순수하구 고상한
척하구…… 이어서 남자의 목소리가 났다. 선호가 돈이
아쉬워서 막일을 하다가, 현장에서 데모를 했댜. 대학에
서두 그러구 말여. 그러다 잡혀가서 얼이 빠지게 혼난
게 틀림없다구, 걔를 본 애들이 다덜 그러더라. 안 죽었
으면 금방 군대에 징집됐을걸. 서울 가서 일류 대학 들
어갔으니께 가만히 공부나 허다 졸업장 따면 잘 먹구살
걸, 촌놈이 뭐 잘났다구…… 지금이 월마나 험악한 땐디
죽은 듯이 가만히 있잖구서……

나는 불빛 쪽으로 걸어갔다. 저쪽에서는 꽤 놀란 모양이었다. 손전등 불빛이 내 얼굴에 꽂혔다.

"어머나, 이게 누구여?"

사람 얼굴에 전등을 비추는 사람, 경숙이 누나 옆에 있는 그 사람이 누구인지 궁금했다. 밤중에 왜 산에서 헤매냐, 무섭지도 않으냐고 멋쩍게 말하는 이는 근호라는 사람이었다. 근방에서 힘깨나 쓴다고 말이 나 있는, 선호 형 또래 건달이었다. 그가 누구인지 알자 무얼 묻고 싶었던 마음이 사라졌다.

경숙이 누나가 다가와 요란스레 말했다.

"온몸에 붙은 게, 이게 다 뭐여? 낮에는 얼음판에서 그러더니……"

나는 상관하지 않았다. 옷을 털어주려는 경숙이 누나를 제지하며 나는 산 아래로 내려가기 시작했다. 그때 갑자기 생각난 게 있어서 이렇게 말했다.

"그 원두막, 선호 형네 원두막 아냐?"

내가 할 수 있는 것은 그 말밖에 없었다.

경숙이 누나는 약속한 기차를 탔다. 옷차림이며 화장

이 요란해서 거북했으나 어쩔 수 없었다.

기차에서 그녀는 끊임없이 무얼 먹어대며 나한테도 자꾸 먹을 것을 사 주었다. 나는 먹는 체하다 가방에 넣곤 했다.

영등포역에 내려 그녀는 토했다. 그러고 난 뒤부터 그녀는 자꾸 내 손을 잡았다. 도톰하고 부드러웠으나 차가운 손이었다. 가출을 한 게 비로소 실감이 나는 모양이었다.

그녀의 친구가 일한다는 봉제 공장은, 전차를 타고 가다 다시 버스로 갈아타야 했다. 주소가 적힌 편지 봉투를 들고 묻고 또 물으며 갔다. 거의 다 온 것 같다는 느낌이 들었을 때 땀이 밴 내 손을 그녀의 손에서 빼내며, 지나가는 말처럼 물었다.

"근호 형하고는, 어떤 사이예요?"

"그냥 친구야."

나는 길 건너편의 공장 건물들을 살폈다.

"그 형은 서울에 안 와요?"

"몰라. 걔두 돈 욕심이야 많겠지만 폼 잡고 노는 걸 좋아허니께, 친구들 곁을 떠나지 않을 거야. 어쨌든 나하곤 상관없어."

"누나는 돈 때문에 서울 왔나?"

무람없이 또 내 손을 잡으며 그녀가 말했다.

"그러엄! 그것 말고 뭐가 있냐? 아 참, 아버지한테서
자유를 얻을라구 온 것두 있지."

"공부하려고 서울 온 거 아냐?"

"공부두 돈 때문에 하는 거야. 너어, 키만 컸지 생각보
다 순진허다."

그녀가 깔깔 웃었다.

찾던 간판이 저쪽에 보였다. 그 공장 건물은 엄청나게
크고 벽돌처럼 네모진 모양이었다. 나는 다시 잡힌 손을
빼냈다. 그리고 공장을 가리키며 다 왔다고 말했다.

"와아, 공장 참 크다! 저기서 공짜로 졸업장도 따구 돈
도 번단 말이지? 좋은 세상 만나서, 나도 인제 덕 좀 보
겠구먼."

그녀는 기분이 들떠 가지고 얼굴에 화색이 돌았다. 공
장 문 앞에 이르렀을 때 직공들이 마당 가득 모여 있는
게 보였다. 한참 일할 시간인데도 무슨 교육을 받는 중
인지, 똑같은 복장을 한 수많은 여자들이 사열 받는 군
인처럼 줄지어 서 있었다.

그녀가 떨떠름한 표정으로 자꾸 내 손을 잡으려 하며

함께 안으로 들어가자고 했다. 그러나 나는 참을 수 없는 심정으로 뒤로 물러나, 굳이 그녀 혼자 들어가게 했다. 그리고 가까운 정거장에서 아무 버스나 잡아탔다.

사람은 드물고 회색빛 건물만 즐비한 공장 지대를 버스는 한참 달려갔다. 나는 속에서 끓어오르는 것 때문에 숨이 막혔다. 선호 형의 우울한 음성이 들렸다. 시는 너무 섬세하고 감정을 자극해. 세상은 무디고 거친데, 시는 마음을 약하게 만들어…… 너무 책만 읽지 마라……

종점에서 내린 건 나 한 사람이었다. 나는 쓰레기와 검은 기름 찌꺼기가 널려 있는 황량한 주차장 부근을 서성거렸다. 선호 형은 너무 예민하고 섬세해서 '무디고 거친' 것들을 견디지 못한 걸까? 아니 그것들과 싸우다 진 걸까? 견디려는 사람을 짓눌러대는 것들, 끝내 비참하게 패배시키는 사람들…… 나는 다시 가슴이 답답해졌다. 지금 얼음판이나 수풀 같은 게 앞에 있다면, 또다시 깨뜨리고 싶고 뚫고 나가고 싶었다. 상처를 입고, 피를 흘리고 싶었다.

온갖 말들이 머릿속에서 모였다가 흩어졌다. 버스가 다시 출발하기를 기다리며, 나는 경숙이 누나가 썼던 말에 다른 낱말들을 섞어서 시처럼 늘어놓았다.

돈
자유

돈을 좋아할 자유
돈을 더러워할 자유
가만히 돈만 벌라는 자유

돈벌이를 위한 공부
돈벌이를 해치는 감정
돈이 제일인 세상을 자유로이 떠나는 순진한 감정……

가만히 돈이나 벌라는 자유.

첫 눈

　기차가 속도를 줄이며 역에 들어서고 있었다. 잠시 졸았던 모양인데, 밖이 어두워서 어디인지 얼른 알 수 없었다. 차가 날카로운 소리를 내며 멈출 때 차창에 검은 석탄 더미가 나타났다. 나는 황급히 일어났다. 앞에 내리는 노인이 말했다. "학생, 천천히 혀…… 여기가 종점 아닌가베."

　플랫폼에서 석탄 더미 사이로 흐릿한 지붕들을 보며 나는 비로소 정신이 돌아왔다. 내가 탄 것은 대천까지만 가는 막차였다. 내릴 곳에서 몇 정거장 지나친 셈이었다.

　대합실에 걸린 시계는 열두 시가 가까웠다. 나는 차고

딱딱한 나무 의자에 걸터앉아 잠시 생각해보았으나 막막하기만 했다. 버스는 어두워지면 끊긴다, 집에 못 간다, 이 밤이 새기 전에는…… 그다음은 생각이 이어지지 않았다. 다저녁때 불쑥 영등포역에 나와 막차를 타버린게 애당초 잘못이었다. 몸이 떨렸다. 대합실에는 난로가 설치되어 있었지만 불기는 없었다. 서둘러 나오다가 옷도 제대로 껴입지 않았으니, 이런 것부터가 어머니의 걱정을 들을 짓이었다.

배가 고팠다. 역 마당 건너편에 홀로 불을 밝히고 있던 가게가 닫을 준비를 하고 있었다. 동전이 빵 한 개 값은 되었다. 마당에는 '수출목표 조기달성'이라고 적힌 깃발이 어두운 하늘에 머리를 박은 채 펄럭이고 있었다. 나는 가게로 갔다.

내가 크림빵을 집었을 때, 누가 가게로 들어서며 크림빵 있느냐고 물었다. 크림빵은 내가 집은 게 마지막이었다. 주인이 없다고 하자 그가 내 손에 들린 것을 바라보았다. 옷에 검댕 같은 게 잔뜩 묻어 있어, 야간 일을 하다가 배가 고파 나온 듯했다. 나는 빵을 내밀었다.

"아녀. 그건 학생 먹어. 나넌 다른 거 먹으면 되니께."

가게 주인이 물었다.

"여태 배달 남었남? 갑자기 추워지는 게 눈 올 거 같은디. 첫눈이 늦기는 늦었지."

"아침까지 천안에 가야 허유. 인저 연탄 싣기 시작혔넌디, 눈이 오거나 말거나, 우리야 죽기 아니면 까무러치기루 사니께."

몇 가지 사 들고 가게를 나서던 그가 나를 보며 말했다. 무척 투박해 보이는 얼굴이었다.

"밤이 늦었넌디, 학생은 여기서 뭐 허는겨?"

"막차를 타고 오다가, 졸았어요. '진죽'서 내려야 하는데."

"청소면의 진죽역? 그려? 걸어서는 못 가겄구먼……"

걸어서 간다…… 생각해보지도 않은 일이었다. 나는 모르는 사이에 어느 지역을 벗어나 버린 셈이었다.

"학생! 나 따러와."

내가 못 알아듣자, 바람 속으로 나서며 그가 말했다.

"내 차가 이따 청소 지나니께, 타구 가란 말여."

어차피 어딘가로 움직여야 했다.

커다란 기계가 요란스레 돌아가고 있었다. 휘황한 전

등 밑에서 일꾼들이 분주하게 움직였다. 흑백사진처럼 모든 게 온통 거무스레한 연탄 공장이었다.

나는 운전기사를 따라 구석의 사무실로 들어섰다. 그곳도 석탄투성이에 기계 소리가 시끄럽기는 마찬가지였다. 난로 위에서 찌그러진 주전자가 김을 뿜고 있었다. 그가 사온 것을 풀어놓으며 책상에 다리를 걸친 채 잡지를 뒤적이는 청년한테 권했다.

"싫어유. 나넌 밤에 그런 거 안 먹어유."

"이런 게 위떼서? 다아 먹을라구 허넌 노릇이니께 가리지 말구 먹어둬."

"가리는 게 아니구, 서울 가기 전에 위장 고칠라구 그러는 거유."

"서울? ……자네두?"

"탄광이 내년이먼 문을 닫는다니께 여기두 한물갔구, 어차피 이 바닥서 놀아봐야……"

우물거리는 운전기사를 흘낏 보더니 청년이 말끝을 흐렸다. 나는 차디찬 크림빵을 입에 넣었다.

공장 한가운데 있는 커다란 기계가 무슨 괴물처럼 쉴새 없이 연탄을 찍어내고 있었다. 연탄이 운반대에 줄줄이 실려 나오면, 일꾼들이 서로 던지고 받으며 차에 실었다. 그들의 동작이 기계 같았다. 다들 잠이 든 한밤중에 뿌우연 연탄 가루 속에서 연신 얼굴에 흐르는 땀을 훔치며 노동하는 광경이 딴 세상처럼 보였다. 미처 모르고 있었던, 하지만 내 시골집 부근에 있는 세계. 저런 힘겨운 광경과 어서 마주치고 싶어서, 서둘러 막차를 탔던 것일까.

"학생두 서울서 핵교 댕기지? 유학생이구먼."

그가 입을 대고 마시던 사이다병을 내밀었다. 나는 목이 말랐지만 사양했다. 어쩐지 미안했다.

"왜 밤중에 일을 해요?"

내 서울 말투가 생뚱맞게 들렸다.

"빌어먹을 기계가 아까 고장 나서 그려. 겨울 닥치넌디 밤이구 낮이구가 있나?"

밖에서 누가 불렀다. 잡지를 보던 청년이 하품하며 나갔다.

"보나 마나, 연탄 더 실으라구 허러 가는 거여."

그가 목소리를 낮추어 말했다. 기계 소리 때문에 다른 데서는 들리지도 않을 터였다.

"학생은 그런 거 물르지? 얼굴이 하아얀 게, 공부만 알게 생겼구먼. 다아 불법이여. 사고가 나거나 말거나 비용 줄일라구 저러지."

나는 비로소 그를 자세히 보았다. 마흔에 가까워 보였고, 운전기사보다 농부가 더 어울릴 체격이었다. 그가 입에 든 것을 씹으며 말했다.

"죽으면 운전하는 내가 죽지 즈이들은 안 죽으니께, 막 처싣는 거여. 저런 꼴 안 볼라면 나두 워디루 뜨긴 뜨야 헐 텐디."

트럭은 한참 뒤에야 출발했다. 나는 난로 옆에서 졸다가 불려 나와 조수석에 앉았다.

도로가 텅 비어 있었다. 대천 길거리는 내가 기억하는 모습이 아니었다. 시간이 끊임없이 흐른 것이다. 하지만 변했다고 해봐야 길은 여전히 좁았고 이내 끝나면서 벌판이 나왔다. 달이 뜬 모양인지, 길가에 늘어선 전신주들이 전조등 불빛 너머 부유스름한 허공에 아득히 떠 보였다. 가을걷이가 끝난 달빛 젖은 벌판을, 차는 헤엄치듯 나아간다…… 나는 그 분위기에 젖고 싶었다. 하지만 그러기에는 너무 어둡고 시끄러웠다.

차가 아주 낡고 허술했다. 석탄 냄새, 기름 냄새가 진

동하는 데다 금방 망가질 것처럼 요란했다. 적재함에 가
득 실린 연탄의 둔중한 무게가 내 몸에까지 전해져왔다.

운전기사는 줄곧 떠들어댔다. 노래를 부르기도 하고
자기 자랑을 늘어놓기도 했는데 엔진 소리 때문에 잘 알
아들을 수 없었다.

갑자기 그가 언성을 높였다.

"내 말 안 들리남? 아 글쎄, 다들 서울루 가먼 시골은
워쩌케 허냐구!"

따지자면 나도 서울로 간 사람이라 얼른 할 말이 떠
오르지 않았다. 그래도 대답은 해야 되겠어서, 큰 소리
로 말했다.

"그래도, 농사지을 사람은 남겠죠."

"나 겉은 사람 멫이야 남겄지먼, 농사는 뭇 져. 땅두 변
변찮은 데다가, 죽어 빠지게 일해야 남는 게 있으야지."

그는 그 얘기 잘 나왔다는 투로 길게 불만을 늘어놓았
다. 연탄 공장이 문 닫으면 배달두 끝나겄지만, 농사는
타산이 안 맞아서 영…… 정부가 쌀값을 올려주간디?
분식을 장려허넌 데다가 수입 밀가루가 싸 빠지니께, 인
저 밥두 잘 안 먹을 텐디 뭘…… 아버지도 언젠가 하시
던 이야기였다. 그러면 아저씨도 서울로 가면 되지 않느

냐고 하려는데, 어쩐지 그게 말 같지 않아 입을 다물었다. 그때 갑자기 차가 조용해졌다. 그리고 천천히 멈추었다.

아침까지 천안에 가야 허넌디, 애가 왜 또 속을 썩인댜! 그가 거칠게 계기판을 두드리며 이것저것 점검했다. 나는 집까지의 거리를 어림해보려 했지만, 도무지 여기가 어디쯤인지 짐작이 가지 않았다.

그가 밖에 나가 엔진 덮개를 벗기고 손전등으로 여기저기 비추었다. 그리고 연장통을 꺼내더니 손짓했다. 나는 밖으로 나가서 시키는 대로 그를 도왔다. 갑자기 조수가 된 셈이었다.

차는 좀처럼 살아나지 않았다. 그는 여러 가지 시도를 했으나 번번이 실패했고, 내 손에도 기름이 묻었다. 차가운 바람이 옷깃을 파고들어 몸이 덜덜 떨렸다. 그걸 보더니 그가 운전석 뒤에서 점퍼를 꺼내다 주었는데, 옷에서 무슨 냄새가 코를 찔렀다. 흘낏 보니 운전석 뒤에는 취사도구며 반찬 그릇, 이불 따위가 쑤셔 박혀 있었다. 트럭은 그의 집이기도 한 모양이었다.

그때 승용차 한 대가 전조등을 번쩍이며 지나갔다. 그는 도움을 청하지는 않고 묻지 않은 말만 중얼거렸다.

저런 차는 이 차 못 도와줘. 이 밤중에는, 여기까지 와줄 사람두 읎구.

그는 잠시도 쉬지 않았다. 나중에는 차의 어느 부품을 떼어내어 분해하기 시작했다. 밤을 새우면서라도 자기 손으로 반드시 차를 살릴 기세였다. 나는 다가서서 손전등을 가까이 비춰주었다. 일에 몰두한 그의 손놀림이 아주 익숙하고 섬세했다. 하지만 고개를 들어보면, 밤의 한가운데서 손전등이 밝히는 공간은 너무도 좁았다.

그가 물을 떠 오라고 통을 주었다. 꼭 떠 오야 혀. 깨끗한 걸루! 그는 절박하게 말했다. 나는 도랑을 찾았다. 추수가 끝난 논은 메말랐고 어디가 어딘지 잘 분간이 되지 않았다. 나는 한참 헤매다가 다행히 작은 둠벙을 만났다. 그야말로 사막에서 오아시스를 만난 듯 반가웠다. 무엇보다 그를 위해 무언가 하고 있다는 마음이 들었다.

물을 떠 가지고 돌아오는데 바람결에 무엇이 섞여 있었다. 흐린 달빛 속 허공에서 다문다문 반뜩이는 눈발이었다. 머언 별들이 성긴 눈발을 따라 움직이며 내게 무슨 말을 하려는 듯했다. 나는 문득 이 밤이 이대로 계속되면 좋겠다는 생각이 들었다. 내 몸의 감각이 어쩐지 생생하게 느껴졌다. 불쑥 기차역으로 달려 나와 막차를

탄, 그 알 수 없는 마음은 어디 간 걸까…… 어머니가 이
광경을 보시면, 아니 지금 내 몸뚱이가 생생하게 부풀어
오르는 듯한, 이런 몸 떨리는 기분을 아신다면……

　차로 돌아왔을 때 그는 운전석 옆에서 무엇을 꺼내고
있었다. 종이로 아무렇게나 주둥이를 틀어막은 술병이
었다. 그는 단숨에 다 마셔버렸다.

　"이런 때는 술이 있어야 혀. 술기운이 돌아야 힘이 난
다니께."

　차는 한참 후에, 갑자기 소리를 냈다. 그러엄 그래야
지! 밤새 천안까지 같이 갈라먼, 꾀를 부리지 말으야지!
그가 차를 두드리며 환호성을 질렀다. 흡사 농부가 소를
다루는 것 같았다.

　차는 어디가 아픈 듯이 그르륵대며, 그러나 꿋꿋이 다
시 앞으로 나아갔다. 수리하느라 애를 쓴 탓인지 그가
입을 다물었다. 언덕배기라도 나오면 더 조심조심 차를
몰았다. 투박했던 그의 얼굴이 아까와는 달라 보였다.
눈이 많이 오지만 않는다면, 그는 어둠을 뚫고 아침까지
꼭 목적지에 도착할 것이다.

차가 어느 모퉁이를 돌자 갑자기 낯익은 풍경이 나타났다. 이제 내가 어디 있는지 알 수 있었다. 진죽역이 멀지 않았다.

나는 헤어지기 전에 알고 싶었다.

"아저씨는 왜 서울루 안 가유?"

"왜 안 가너냐구? 안 가넌 게 아니구 뭇 가는 거여…… 배운 게 차 모는 건디……"

그 뒷말이 잘 들리지 않았다.

"괜찮어유. 처음부터 서울 사람인 사람이, 지금 서울서 몇 되나유?"

어쩐지 나 자신한테 말하는 느낌이 들었다.

"그게 아니구, 운전이야 워디서건 허겠지만, 부모님이 뭇 떠나니께 갈 수가 읎어."

부모님이 왜 못 떠나느냐고, 나는 물을 수 없었다.

"탄광이 문 닫어도 연탄은 땔 테니께, 배달 일이야 있겠쥬."

"탄광이 왜 문 닫넌지 아남? 외국 석탄이 더 싸구 좋으니께 그려. 그런디 값이 싸나 안 싸나, 앞으루는 연탄이 아니라 기름허구 가스를 땐다넌디, 그러면 배달허구 말 것두 별루 읎겄지. 기름 한 방울 안 나는 나라가 도대체 워처케 돌아가는지……"

말할 게 남은 성싶은데 갈림길이 나왔다. 나는 차를
세웠다.

"집은 멀지 않은감?"

"간사지 동넌디, 바다 쪽으루 한참 더 가야 돼유."

"그래두 나버덤은 낫구먼. 잘 가. 또 졸다가 엉뚱헌 데
루 가지 말구."

그가 손을 흔들었고, 나도 마주 흔들었다.

차가 떠나고도 나는 잠시 그 자리에 서 있었다. 그한
테 무언가, 무슨 말인가 더 했어야 한다는 생각이 들었
다. 운전하는 사람이 술을 마시면…… 그런 이야기는 아
니었다. 지금 우리 학교는 말이죠, 고등학교라는 데가
시험 석차나 게시판에 써 붙이며 학생을 콩 볶듯 볶아대
고…… 그런 이야기도 아닌 것 같았다.

손이 끈적거려서 보니 기름 범벅이었다. 얼굴에도 연
탄 가루 같은 게 잔뜩 묻어 있는 성싶었다. 그리고 보니
그의 점퍼를 내가 그냥 입고 있었다. 한밤중에 이러고
나타나면, 다들 무슨 일이 난 줄 알 것이다.

나는 집 쪽으로 걷기 시작했다.

그때 갑자기 달빛이 흐려지며 무엇이 앞을 가렸다. 눈

이었다. 허공 가득 아우성치듯 쏟아지는 눈이 길을 덮기 시작했다.

　나는 그가 간 쪽을 돌아보았다. 그의 차도, 그가 간 길도 보이지 않았다.

참 샘

    고등학생이 되면서 나는 서울 시내 여러 학교 문예 반 학생들이 모이는 문학 동아리에 들었다. '서우회'라 는 그 모임은 화요일 저녁마다 만나 독서 토의도 하고 작품을 발표하기도 하였다. 당시로서는 매우 드문 학교 밖 활동이었다. 더 드문 것은, 그 모임에 남학생과 여학 생이 함께 참여한다는 점이었다. 남녀 공학이 아주 적 은 데다, 학생을 학교 울타리에 가두어놓고 '교련' 과목 까지 만들어 훈련시키고 통솔하던 시절이라 남녀 학생 간의 모임은 물론 개인적인 만남까지 아예 금지된 일처 럼 여겨지던 때였다.

교련에는 전교생이 운동장에 모여 검열을 받는 군대식 사열이 들어 있었다. 나는 중대의 기수를 맡았는데, 앞에서 구령에 맞춰 깃발을 올렸다 내렸다 하는 일이라 교관의 눈에 잘 띄어 보통 긴장이 되는 게 아니었다. 우리 동아리의 모임 장소는 덕수궁 뒤편의 오래된 교회 옆에 있었다. 가방에 교련복을 쑤셔 넣은 채 호젓한 궁궐 돌담 길을 걸어 그곳으로 가다 보면, 여학생과 사귀고 싶어 규칙을 어기는 것 같아 어쩐지 불안했다.

2학년이던 1969년 여름, 나는 간사지에서 더욱 불안하였다. 봄부터 내가 회장을 맡은 까닭인지 동아리의 친구들, 특히 여학생들이 방학이라 고향 집으로 내려온 나한테 자꾸 편지를 보냈기 때문이다.

가지밭에서 가지를 따다가 나는 우체부가 어머니한테 하는 말을 들었다.

"아드님이 집에 왔구면유. 그런디 이번 방학은 웬 편지가 이렇게 많이 온대유? 그것두 이렇게 이쁜 편지덜이……"

밭고랑에 쭈그리고 있어 잘 안 보였기 망정이지, 그 말을 듣고 화끈 달아오른 얼굴을 어머니한테 들킬 뻔하였다. 그렇지 않아도 걱정하는 눈치인데, 더 이상하게 생각하실 터였다.

어머니는 며칠 전에 이렇게 물으셨다.

"무슨 할 말이 있다구, 그렇게 자꾸 너헌티 편지덜을 보낸다네?"

"그냥 보내는 거예요. 별것 아니에요."

"별거 아닌 게 워딨어. 너처럼 여자애들이랑 만나구 그러면, 학교에서 벌 받지 않냐? 아버지나 나넌 떨어져 사니께 서울서는 니가 알어서 잘혀야 혀. 나넌 믿는다. 너는 어렸을 적버텀 워디 벗어나는 짓은 안 혔으니께."

그 여름에 나는 편지마다 답장을 썼다. 어머니께는 얼 버무렸지만, '별것'은 별것이었다.

일부러 식구들이 다 잠든 시간을 기다려 편지를 쓰고 또 썼다. 그것은 1년에 두어 번씩 학교에서 강제로 쓰게 했던 '국군 장병 위문편지' 따위하고는 전혀 달랐다. 방 밖의 칠흑 같은 어둠을 뚫고 나는 수신인들에게 무한히 뻗어가는 통신을 하였다. 편지 한 통을 다 쓰고 봉투에 넣은 후 준비해둔 우표에 침을 바를 때의 나른한 충만감. 끝없는 풀벌레 울음소리 저편에 가라앉은 밤의 숨결, 뒷산 새 울음이 가끔 파문을 일으키는 그 알 수 없는 정적 속에서 나는 자신이 섬처럼 여겨졌다. 누가 편지를 보자고 드는 것도 아닌데, 아침밥을 먹은 후면 나는 자전거로 30분 가까이 걸리는 면사무소 앞까지 가서 밤새 쓴 편지들을 우체통에 넣곤 하였다.

내 편지의 앞머리는 누구한테나 '벗에게'였다. 상대방을 모두 '벗'이라고 부르는 게 어색할 때도 있었지만 왠지 그게 멋있고 안심이 되었다. 특히 여학생한테 보내는 편지가 그랬다. 내가 꼬박꼬박 답장을 했기 때문에 편지가 그렇게 많이 왔을지도 모르는데, 그때는 그런 생각이 전혀 들지 않았다. 사실 편지 쓰기에 몰두하다 보니 나중에는 어느 게 답장인지 내가 그냥 보내는 편지인지 구별이 되지 않았다.

매미가 귀에 쟁쟁하게 울어대는 오후였다. 식구들이 모두 논밭에 나가고 집에는 나 혼자였다. 방학이 얼마 남지 않아 숙제를 빨리 마쳐야 한다는 구실로 나는 고추따기를 면제받고 책상 앞에 앉아 있었다.

졸음을 쫓기 위해 세수를 하려는 참에 사람 목소리가 들렸다. 편지가 왔나 하고 대문 쪽을 보았을 때, 나는 내 눈을 의심하였다. 사복을 입어 조금 어른스러워 보였지만, 분명 금희가 거기 서 있었다.

"제대로 찾았네. 우체부 아저씨 만나길 정말 잘했어."

금희가 쑥스러운 표정으로, 혼잣말처럼 말했다.

나는 가슴이 덜컥 내려앉았다. 내가 공부는 안 하고 연애나 하는 게 아닌지 걱정하시는 판에, 정말 여학생이 우리 집에 나타난 것이다.

"여길 어떻게…… 웬일로 갑자기……"

나는 말을 맺지 못했다. 자기가 저지른 일을 잘 안다는 듯이 금희가 대문 밖에 그냥 선 채 말했다.

"목이 말라. 이렇게 많이 걷는 줄 몰랐네."

우물로 데리고 가 물을 푸며, 나는 가슴을 진정시켰다. 우물에서 건져 올린 양철 두레박을 그대로 내밀었더니 금희는 잠시 머뭇거리다 입을 대었다. 뽀얀 이마를 숙이고, 옷을 적시지 않으려고 어색한 자세로 물 마시는 모습을 보며, 나는 마음이 흔들렸다. 촌에서는 컵 없이 대충 마신다는 걸, 이 서울 애는 모른다. '시골'에 대해 전혀 모른다…… 나는 마음을 다잡았다. 부모님이 보시거나 동네에 소문나지 않게 얼른 서울로 돌려보내야 한다.

"물이 짜네? 샘물에서 왜 짠맛이 나지?"

금희가 또 혼잣말처럼 말했다. 나는 설명할 여유가 없

었다. 그런데 그 말 때문에 문득 '참샘'이 생각났다. 글에 쓸 좋은 소재 같아서 서울 올라가기 전에 한번 답사하려고 했던 곳이었다. 거기를 가면 가까운 신작로에 기차역까지 가는 버스가 있었다.

금희는 말수가 적고 단정한 동아리 회원이었다. 풀을 먹여 잘 다려 입은 흰 교복은 며칠이 지나도 그대로일 것 같았다. 나한테 편지를 자주 보낸 편은 아니고, 색종이로 만든 봉투가 아니라 규격 봉투를 써서 오히려 여학생 편지 같지 않았다. 그런 애가 도대체 왜 불쑥 찾아왔는지, 그저 놀라울 뿐이었다.

"저기 저 앞산 너머에 '참샘'이라는 오래된 샘이 있대. 거기 가면서 이야기하자."

나는 앞장서서 우리 집 앞의 둑길로 나섰다. 논에서 일하던 동네 사람 몇이 흘낏흘낏 우리를 쳐다보았다. 나는 발걸음을 빨리했다.

동아리 회지를 편집하느라고 빵집에서 금희와 몇 번 만난 적이 있었다. 하지만 항상 다른 회원과 함께여서 그렇게 단둘이 된 적은 없었다. 모임이 끝나 집에 갈 때

방향이 같아서 버스를 함께 타고 말을 주고받은 건 몇 번 되었다. 금희도 나처럼 시를 좋아했다.

내가 서둘러 걷다 보니 우리 사이가 자꾸 벌어졌다. 금희는 손수건으로 연신 땀을 훔치며 말없이 따라왔다. 작은 손가방만 들고 양산이나 모자도 없이, 도무지 어디를 가는지 생각해보지도 않고 나선 차림새였다.

길이 산 밑으로 접어들었다. 그늘이 생겨 다행이었다.

금희가 웃는 표정을 지으려 애쓰며 말했다.

"내가 온 거, 잘못한 거지?"

"잘못은 무슨…… 시골은 보는 눈이 많아, 내가 좀 곤란해서 그래."

"그냥 답답해서, 만나고 싶어서 온 건데……"

만나고 싶어서…… 순간적으로 금희와 주고받은 편지들을 떠올렸다. 여기에 오겠다느니, 와도 좋다느니 하는 말이 있었는지 기억나지 않았다. 오직 '벗에게' 석 자만 떠올랐다. 금희 편지를 받으면, 다른 애들보다 문장 실력이 좋은 듯하여 몇 번씩 되풀이해 읽곤 했다. 사실 금희한테 편지를 쓸 때는 더 신경을 썼다.

"부모님이 놀라실 테고, 잠잘 곳도 마땅치 않아. 여긴 서울하고 다르거든."

"난 괜찮아."

금희가 웃었다. 아무것도 모르는 사람처럼.

"그런데, 멀리서 보니 너희 집 지붕은 다르게 생겼네. 저걸 '함석'이라고 하니? 아까 집을 찾을 때 사람들이 너희 집을 '함석집'이라고 불렀거든."

"……그러니까 너는, 참샘 구경이나 하다가 버스 오면 서울로 돌아가는 게 좋겠어."

내가 빠르게 말했다.

금희는 묵묵히 걸었다. 그리고 한참 후에 뻣뻣하게 말했다.

"네 맘 알았어."

나는 할 말을 하고 나니 좀 후련했으나 속이 편치 않았다.

신작로가 나왔다. 비포장도로에서 날아온 먼지를 뽀얗게 뒤집어쓴 작은 가게에 버스 시간표가 걸려 있었다. 다행히 한 시간쯤 뒤에 광천역으로 가는 버스가 있었다. 해가 지기 전에 버스를 타면 오늘 안에 서울 도착하기는 어렵지 않을 터였다. 나는 가게 주인한테 '참샘골'이 어디 있는지 알았다.

우리는 신작로를 걸었다. 어떻게든 금희의 관심을 돌

리고 싶었다.

"우리 회원들 소식, 들은 거 없니?"

"들은 게 있지만, 뭐…… 여기 와서 들은 게 하나 있지. 우체부 아저씨가 그러는데, 회장한테 예쁜 편지가 많이 온대."

나는 다시 말이 궁해졌다.

길이 언덕을 넘자 작은 간사지와 저수지가 보였다. 그것들이 의지한 데가 바로 우리 집에서 건너다보이는 산줄기였다. 그 끝은 바다였다. 갯벌이 물로 가득했다. 내가 좋아하는 그 바다, 산줄기들 사이로 밀고 들어온 바다의 물결이 나를 향해 일렁였다. 지금 너, 잘하고 있는 거니?

"이 산줄기 끝에 작은 포구가 있어. '도미항'이라고 부르지. 여기선 잘 안 보이지만."

"정말 바다가 가깝네. 저기 가보자."

"생각보다 멀어. 그럴 시간 없어."

"시간은 많은데……"

금희가 중얼거렸다.

마을로 내려가는 길이 나왔다. 우리는 도로를 벗어났다.

"참샘이라고 했지? 왜 이름이 참샘일까?"

금희가 관심을 보여 반가웠다.

"자연 샘이라 그럴 거야. 우물을 파지 않은, 땅에서 저절로 솟아나는 진짜 샘."

길이 동네 안으로 들어섰다.

"참샘이 이 근처 어디 있다고 했는데…… 저 밑에 저수지 있지? 아마 참샘 물도 거기로 흐를 거야. 정말 묘하지 않아? 저 아래 들이 바다를 막은 간사지인 거 보이지? 본래는 저 간사지 들이나 저수지가 모두 이 산줄기에 안긴 바다였던 거야. 이 근처 갯벌은 온통 조개밭인데, 샘물 저절로 나오지, 바다에 먹을 거 무진장 많지…… 아주 옛날이라고 생각해 봐. 정말 살기 좋은 곳이잖아? 원시시대부터 사람들이 여기 모여 살았을 거야."

금희가 시선을 바다에 준 채 말했다.

"넌 그런 걸 상상하는 게 좋니? 그건 먼 옛날이야기잖아."

집들 사이에 참샘이 있었다. 시멘트로 공동 우물 시설을 하고 함석으로 지붕을 씌워놓은 모습이, 생각보다 초라했다. 우리는 지붕 안으로 들어가 보았다. 땅에서 물이 솟아나고 있었다. 수량이 많지는 않아도 맑고 차가웠다.

금희는 물이 솟는 모습을 한참 들여다보았다. 움켜서

몇 번 먹기도 했다. 금희의 손이 유난히 희고 연약해 보였다.

……만나고 싶어서…… 그건 먼 옛날이야기잖아.

금희의 말이 귓가에 맴돌았다.

우리는 다시 도로로 나왔다. 버스 시간이 남아 있었다.

금희한테 바다 구경 시켜줄 방법을 찾아냈다. 버스가 출발하는 '오천' 쪽은 길이 바닷가로 나 있으니까 거슬러 가다 보면 버스와 만나기 전에 바다를 만날 수 있을지도 몰랐다.

우리는 비포장도로를 다시 걸었다. 자동차가 지나가면 우리는 먼지를 뒤집어쓰곤 했다. 금희는 고개를 돌리기만 할 뿐 그다지 신경 쓰지 않았다. 그 모습이 불안해 보였다.

"참샘 근처를 파보면 옛날 사람들 쓰던 물건이 묻힌 조개무지도 나오고 큰 무덤 따위도 나올 거야. 참샘 물은 자연이 준 물이니까 이 물로, 이 샘에서 하늘에 제사를 지냈을지도 몰라. 나는 여기를 배경으로 역사소설을 쓰고 싶어. 저기 저 산 위에 '선림사'라는 오래된 절이 있는데, 거기 사는 스님도 등장시키고 말이지."

"너는 글에 재능이 있는 것 같아. 네 편지도 그래. 네 이야기를 쓴 것 같은데, 꼭 내 이야기 같거든."

의외의 말이었다. 그런 생각은 해본 적이 없었다. 나는 떠오르는 것을 적는 데만 몰두했었다.

금희가 길가 옥수수밭에서 나팔처럼 생긴 꽃을 따서 머리에 꽂았다. 나는 멋있다고 말했다. 금희의 볼에 보조개가 파이는가 싶더니 사라졌다.

"참 이상해. 편지로는 대화가 되는 것 같았는데, 이렇게 만나니 잘 안되네…… 아까부터 너는 네 이야기만 하고 있어."

소설 이야기를 늘어놓았으니, 그럴 만했다. 하지만 나만 그런 것 같지도 않은 느낌이 들었다. 잘못이 있다면 비슷한 성싶은데, 내가 무슨 변명이라도 해야 할 것 같았다. 차가 앞에 나타날 때마다 그게 버스이기를 바라기도 하고 바라지 않기도 하는 묘한 심정이 되었다. 나는 사과를 하기로 했다.

"미안해. 내가 너를 너무 몰아댄 것 같아. 잘 모르겠지만, 알고 보면 나는 촌놈이야."

햇살이 아까보다 꺾인 듯했다.

저녁을 알리는 바람이 산자락을 타고 불어왔다.

"옛날이야기나 하고, 남들 눈치나 보고…… 그게 촌사람인가?"

모퉁이를 돌자 바다가 나타났다. 바다는 저녁 빛에 젖어 있었다. 밀물 치런치런한 바다— 나에겐 언제나 가슴 벅찬 광경이었다. 그런데 지금은 다른 일로 더 가슴이 벅찼다.

바닷가 바위에 금희가 걸터앉았다.

바다를 보고 있던 금희가 낮게 중얼거렸다. 혼잣말을 하는 줄 알았는데, 그것은 시였다.

길 솟는 옥수수밭에 해는 저물어 저물어
먼바다 물소리 구슬피 들려오는
아무도 살지 않는 그 먼 나라를 알으십니까?*

'어머니,/당신은 그 먼 나라를 알으십니까?'로 시작되는, 내가 좋아하는 시였다. 자꾸 청하는 바람에 모임에서 몇 번 암송하여 내가 그 시를 좋아한다는 걸 회원

* 신석정의 시 「그 먼 나라를 알으십니까」의 일부. 『신석정 전집·I』(국학자료원, 2009), 47~48쪽.

들이 다 알고 있었다. 그런데 지금 여기서 금희가 그걸 외우니, 문득 날카로운 무엇이 가슴에 와닿았다.

바다에 노을이 짙어지고 있었다. 그 빛에 젖은 금희의 어깨가 바다를 배경으로 번져 보였다. 금희 머리에 꽂혔던 꽃이 바람에 날려 갔다. 금희의 목소리가 들렸다.

"내가 왜 왔나, 그게 궁금할 거야."

"응. 그랬어."

나는 솔직히 말했다.

"진짜 좀, 촌스러운 거 같네."

금희가 잠시 망설였다.

"……네가 누구하고 사귄다는 말을 들었어. 하지만 이제 그 얘긴 필요 없어. 네가 누구와 사귀든, 네 마음 다 알았으니까."

여자애들과 편지를 주고받아도 나는 누구와 따로 '사귀고' 있지 않았다. 하지만 그 얘긴 필요 없다고 하니, 굳이 하려고 들면 또 촌스러운 짓이 될 터였다.

금희가 알았다는 '네 마음'은, 이미 금희 속에서 굳어져 있었다. 나는 사귀는 애가 없으니 누구하고든 사귈 수 있겠지만, 금희와 그럴 시간은 이미 지나가 버린 것 같았다. '네 마음'이 혼자 무슨 일을 일으키고 있었다. 그게 바로 '내 마음'인지 아닌지 분간이 안 되었다.

그때 버스가 나타났다.

"마음에 참샘이 있었습니다. 그 샘물 스스로 솟아, 밤낮으로 바다로 흘렀습니다…… 어때, 나도 제법 시를 쓰지?"

금희가 그 희고 연약해 뵈는 손으로 버스를 세웠다.

그리고 그림자처럼 안으로 사라졌다.

나는 터덜터덜 집으로 돌아왔다.

금희를 보내고 돌아오는 길에서, 어두워가는 하늘이 거대한 천장 같았다. 내가 갇힌 그 천장을 향해 나는 질문을 던지고 또 던졌다. 모든 게 내 마음속의 불안 때문 같기도 하고, 누구의 잘잘못이 아닌 성싶기도 하였다. 하여간 일은 벌어졌고, 고통이 생겼으며, 거기서 내가 몸을 뺄 수 없음이 분명했다.

또 분명한 것은, 앞으로 내가 금희와 편지를 주고받지 못함은 물론, 금희를 영영 다시 볼 수 없으리라는 사실이었다. 우리 마을 불빛이 아득히 보이는 바람모지에 서서, 나는 홀로 몸을 떨었다.

농게

농사일을 쉬는 겨울이면 창수 아저씨는 아주 바빴다. 창수 아저씨가 토끼를 쫓다가 '어장간'에서 굴러떨어진 건 동네에서 두고두고 하는 이야기였다. 간사지에 쓸 흙을 파내느라 산자락을 허문 데가 어장간인데, 달아나는 토끼를 잡으려고 거기가 낭떠러지인 걸 잊고 내달렸던 것이다. 토끼만이 아니었다. V자 모양으로 날아가는 청둥오리들이 논의 수로나 간사지 둑 수문 부근의 습지에 내려앉곤 했다. 아저씨가 뿌려놓은 먹이에 꼬여 덫에 걸린 청둥오리는, 하늘을 날 수 없을 것처럼 몸집이 컸고 부리가 아주 노란색이었다. 황새가 논 가운데서 우렁이를 잡아먹는 게 예사로운 풍경이던 때였다.

창수 아저씨는 오랜 세월 우리 집을 드나든 일꾼이었
다. 몇 년씩 우리 집에서 머슴으로 살기도 했다. 무슨 일
이든 뒷감당에 능하고 집터, 묏자리 따위를 다질 때 메
김소리를 잘하여 여기저기 불려 다녔다. 힘이 센 데다
일솜씨도 좋아서 아버지는 그를 아꼈고, 나중에는 새경
을 불려 논까지 마련하도록 도와주었다.

어렸을 적에 아저씨는 나한테도 소중한 사람이었다.
칡뿌리 캐어 주고 팽이를 깎아 주는가 하면 옛날이야기
도 많이 들려주었다. 긴 겨울밤에 잠이 안 오면, 나는 몰
래 방을 빠져나와 사랑으로 건너갔다. 아저씨는 흐릿한
석유 등잔 옆에 앉아 콧노래를 흥얼거리며 늦도록 새끼
를 꼬았다. 다리 사이에서 새끼를 꼬아 엉덩이 뒤로 연
방 잡아 빼다 보면, 방바닥은 새끼줄로 그득해졌다. 나
는 그 거칠고 울퉁불퉁한 새끼줄 위에 쪼그리고 앉아 이
야기를 졸랐다. 아저씨는 '풍년초' 봉지에서 잘게 썬 잎
담배를 꺼내어 신문지에 말아 피우며 봉이 김 선달 이
야기, 우렁 각시 이야기, 구렁덩덩 신 선비 이야기 따위
를 들려주었다. 옛날얘기 그거 다 그짓말인디, 워째 자
꾸 혜달레야…… 얘기 좋아허면 가난허게 산다는디, 워

째 자꾸 헤달레야…… 그러면서도 아저씨는 언젠가 했던 이야기까지 새것처럼 또 들려주었다. 나도 가만히 듣기만 하지는 않았다. 그래두 재미있잖유, 그짓말이라두 재미가 있으면 되잖유? …… 어라? 참 내, 가난헤지는디 재미있으면 뭐 헌다네? 아저씨는 나하고 승강이하는 걸 즐기는 성싶었다. 나도 마찬가지였다. 그럼 아저씨는 뭐 헐라구 그짓말 얘기를 그렇게 많이 안대유? 가난헤지는 게 무섭지두 않은개뷰? ……그건 말이지, 나는 핵교를 못 다녀서, 무엇이든 들은 걸 다 머리에 적어둘라구 허다 보니 그렇게 된 거여. 나야 어차피 가난허니께 괜찮지만, 너는 진짜만 배워서 공부 잘허구 출세해야 되는 거 아녀?

이야기를 듣다가 나는 가끔 새끼줄 위에서 잠이 들었다. 그러면 아저씨는 나를 안아 안채로 옮겼다. 한번은 몸에 한기가 느껴져 눈을 떠보니, 담배 냄새 진한 아저씨의 어깨 너머로 어느새 내린 눈이 안마당에 가득하였다.

1971년 가을이었다. 대학에 다니던 나는 학교에 갑자기 군인이 진주하여 휴업을 시키는 바람에 고향 집에 내려와 실의에 빠져 하루하루 보내고 있었다. 부모님이 들일을 나가도 나는 방 안에 처박혀 뉴스만 들었다. 방송국마다 같은 소리를 반복하고 있으니 다른 소식이 들릴리 만무했지만, 나는 혹시나 하는 마음으로 정치 선전이나 다름없는 뉴스를 날마다 듣고 또 들었다. 서울이 철조망 울타리에 갇힌 거대한 병영이 돼버린 것 같았다. 시골에 이렇게 한가로이 앉아 있을 게 아니라, 그 울타리 안으로 돌아가 세상 돌아가는 걸 눈으로 보기라도 해야 차라리 마음이 편할 성싶었다.

'속히 하향 요망'—그 전보를 받고 그냥 기차를 타는게 아니었다. 아버지 말씀을 우체국 직원이 줄여 적었을게 분명한 그 문구를 보며, 나는 부모님이 몇 년 전 데모에 가담했다가 세상을 떠난 우리 동네 선호 형을 떠올리며 불안해하신다는 걸 직감했었다.

점심상을 받아놓고 숟갈도 안 든 채 우두커니 앉아 있는 나에게 어머니가 말씀하셨다.

"성출이 아베 앓는 거 몰르지? 가서 한번 들여다보지 그러네?"

'성출이'는 창수 아저씨의 아들이었다.

"아저씨가요? 그렇게 튼튼한 사람도 아플 때가 있나?"

122

"무슨 병인지 물러두 작년부터 시름시름 앓었지. 그래도 이장 노릇 한다고 새마을 모자 쓰구 댕기면서 여기저기 바빴는디, 이젠 아주 몸져누웠다더라."

아저씨를 만난 지도 꽤 오래였다.

나는 며칠 만에 햇빛 속으로 나섰다. 아저씨가 사는 건넛마을을 향해 벼가 누렇게 익어 물결치는 들판 길로 들어섰다. 하늘에는 구름 한 점 없었다. 서울의 형편이나 내 마음속 사정하고는 너무도 거리가 먼 풍경이었다. 바람이 나의 장발長髮을 날렸다.

흐름 위에/보금자리 친/오— 흐름 위에/보금자리 친/나의 혼……* 좋아하는 시구가 떠올랐지만, 어쩐지 공허한 느낌이 들어 지워버렸다.

저쪽에서 벼를 베다가 잠시 허리를 펴는 사람의 낯이 익었다. 볕에 타서 거무스레한 얼굴이 땀에 범벅인 그는, 나와 국민학교를 같이 다녔던 옆 동네의 또래였다. 나는 목례만 하고는 걸음을 재게 옮겨 자리를 피했다.

간사지 들을 가로지르는 큰 수로에는 전에 없던 콘크리트 다리가 놓였고, 그 측면에 초록색 페인트로 커다랗

* 오상순의 시 「방랑의 마음(1)」의 앞머리. 『공초 오상순 시선』(자유문화사, 1963), 105쪽.

게 '새마을운동'이라고 쓰여 있었다. 수로에는 여전히 갈대가 많았다. 하지만 물은 비닐봉지, 농약병 따위가 범벅된 쓰레기로 뒤덮였고, 짐승의 주검 같은 게 한쪽에서 썩어가고 있었다.

가을걷이가 끝나 들판이 비고 무서리가 내릴 무렵이면, 나는 창수 아저씨한테 '물은 언제 품느냐'고 물어댔다. 우리 집 앞을 지나 수문으로 뻗은 큰 수로에는 온갖 것들이 살았다. 붕어, 잉어는 물론이고 바닥에 깔린 잿빛의 펄 속에는 장어, 민물조개, 게 따위도 많이 살았다. 짠물이 드나드는 데여서 파래가 자랐고 낚시질을 하면 망둥이도 올라왔다.

네가 졸라대서 물을 품는다며 아저씨는 일요일로 날짜를 잡았다. 내 성화에 못 이기는 척했지만, 사실 마을 사람들 모두 '물 품는 날'을 기다렸다. 잡은 고기로 매운탕을 끓여 막걸리 잔치를 여는 날이기 때문이었다.

수로 한중간을 두 개의 보로 막으면 안에 든 물보다 위에서 내려오는 물이 더 문제였다. 그래서 아저씨는 차오르는 물을 옆의 논으로 돌리기 좋고, 갈대가 우거져 고기가 많이 사는 자리를 택했다. 흙으로 대충 쌓은 위쪽의 보가 터지기 전에 물을 퍼내느라 아저씨 친구들이 양철 두레를 번갈아 맞잡고 안간힘 쓰는 모습을 보며, 나는 둑에 앉아 초조하게 바닥이 드러나기를 기다렸다.

물을 거의 다 퍼내면 온갖 고기들이 요란하게 파닥거리고 민물새우가 하얗게 튀어 올랐다. 그때쯤이면 수로가에는 동네 사람이 잔뜩 모여들어 있었다. 아저씨는 허벅지까지 빠지는 펄 속으로 들어가 고기들을 닥치는 대로 통에 잡아넣었다. 우렁이가 어찌나 많은지 나도 맨발로 들어가 줍고 싶었다. 하지만 대강 갈무리한 아저씨는 다른 사람들을 모두 나가게 하고 작살을 꺼내 들었다. 그는 그걸로 펄 바닥을 찬찬히 훑어가다가 갑자기 잡아챘다. 아저씨의 작살에 기다란 장어가 몸부림치며 걸려나올 때마다 구경꾼들은 탄성을 질렀다.

창수 아저씨네 집은 작고 나지막했다. 정부에서 한참 추진하는 '지붕개량 사업'을 해서 초가집 이엉 대신 회색 슬레이트가 덮여 있었는데, 어울리지도 않고 금방 바람에 날려 갈 것 같았다. 이장의 집이라 그런지 지붕마루에는 확성기 나팔이 여러 개 얹혀 있었다.

아저씨는 집에 있었다. 그런데 처음에 얼른 누군지 알아보지 못할 정도로 수척하였다. 내 손을 잡고 흔드는 손아귀에서 상일꾼다운 힘은 느껴졌지만, 예전 사람과 눈앞에 있는 사람이 잘 연결되지 않았다.

"방학 때두 아닌디, 워째 집에 온 겨?"

"정부가 학교 문을 닫았어요."

"으응, 그랬구먼. 나도 뉴스서 봤어. 날마다 하는 일이 테레비 보는 거니께."

"아침에 학교 가보니 교문은 닫히고 군인들이 운동장에 진을 치고 있더라구요. 데모를 막겠다고 그러는 건데, 데모할 짓을 왜 하는지 답답해요."

"나라를 위해 그러니께, 맘에 안 들어도 이해해야지."

"나라 위한다면서 정권을 연장하니까 문제지요."

"허허, 그 뒤숭숭한 머리칼이나 말하는 품이, 요새 대학생 맞구먼. 그래도 나라가 어지러우면 휴전선이 위험허구, 경제개발도 하기 어려우니께 조용혜야 혀."

나는 그의 표정을 살폈다. 그냥 하는 말이 아닌 것 같았다.

나는 화제를 바꾸어 어디가 아픈지를 물었다.

"그냥 골치가 아프구, 온몸에 힘도 읎구 그려. 천안 있는 병원에 가봤는디, 워디가 나쁘다고 딱 짚지 뭇허더면. 괜찮어. 일평생 병원이란 디를 가본 적이 읎던 사람여. 곧 추스르고 일어날 텡께 걱정 말어. 그런디 자네, 오다가 수로에 다리 새로 놓은 거 봤남?"

내가 보았다고 하니까 그는 갑자기 목청을 높였다.

"나라에서 시멘트를 줬어. 공짜루 말이지. 간사지하고 우리 동네 걸 합치구, 모두 나서서 울력을 하니 다리가 맹글어지더라구. 아, 다리가 저 아래 한 개뿐이라 그동안 월마다 힘들었는지 몰러. 인제 참, 좋은 세상 됐구면."

"전에 아저씨랑 물 품고 그러던 때보다 물이 나빠졌던데요."

"그야 뭐, 세월이 흘렀으니께…… 그런디 자네, 저기 '오천' 목쟁이 막는다는 거 알고 있나?"

처음 듣는 소리였다. 지금 시골에서는 서울과는 영 다른 일이 벌어지고 있다는 의심이 들었다. 환자는 퀭한 눈을 빛내며 열을 올렸다.

"아, 저기 오천항 다 가서, 천북면 건너다뵈는 데 있지? 거기 바다를 큰 둑으로 막는댜. 국토개발계획에 잡혀 있다는구면. 그러면 저 앞바다의 '빈섬'은 육지가 되고 이 간사지 바깥에 여기보다 몇 배 넓은 간사지 땅이 새로 생기는 거지. 그때 가면 이 근처 어디가 공업지대루 개발될 가능성도 있다는구먼."

간사지 제방 너머의 갯벌이 사라진다, 그 바다에 물결이 출렁이지 않게 된다…… 이게 그냥 정치 선전이 아니고 정말이라면…… 나는 걱정이 앞섰다.

"거기를 막으면, 여간 넓은 바다가 아닌데, 거기서 나던 바지락이랑 굴은 어쩌죠? 게 잡고 김 농사짓는 사람들은 어떻게 하구요?"

"아, 논밭 만들 땅이 엄청나게 생기는디 그런 게 무슨 문제여. 어민들헌티는 땅을 주든가 보상을 헤주면 될 거 아녀? 이장 교육 받을 때 들은 얘기를 자네헌티 다 옮기지 못하겠는디, 하여간 천지개벽하게 생겼다니께."

아저씨의 태도를 보니 내가 무어라고 해도 귀를 기울일 성싶지 않았다. 그러나 나는 말을 해야 할 것 같았다.

"이제 바다가 땅보다 이로울 때가 온다는데, 간사지는 그만 막고……"

"공부는 자네가 잘헤도, 농사는 내가 잘 아는구먼. 세상에 땅만큼 소중한 게 워디 있나? 짜디짠 뻘 바닥이야 암만 넓어봐야 무슨 소용이여?"

아저씨는 자꾸 내 말을 끊었다. 나중에는 아예 연설
투로 당신 주장만 했다. 병이 들어 수척해졌어도 내 앞
에 있는 사람은 예전의 창수 아저씨가 맞았다. 그러나
그 몸속에서 완고한 눈초리를 빛내며 자기 말만 하는 이
는 내가 모르는 사람 같았다. 아니, 요새 방송에서 입만
벌리면 똑같은 소리를 늘어놓는 그 사람들 같았다.

벽에는 상장이 여럿 걸려 있었다. 성출이가 학교에서
받아온 것들이었다. 그 가운데는 '국민교육헌장 외우기
대회'에서 받은 것도 있었다. 나는 성출이를 칭찬하고
싶었지만 입이 떨어지지 않았다.

떨떠름한 표정으로 집을 나서는 나에게 아저씨는 다
시 당부하였다.

"나라가 잘돼야 자네두 잘되는 거니께, 좌우간 서루
협조허구 협동혜야 되어. 오늘 테레비 보니께, 서울서
시끄런 일이 또 일어난 모냥인디, 부모님 걱정하실 일은
허지 말어. 내가 자네 생각해서 허는 소리여."

나를 생각해주는 아저씨의 마음은 알겠으나, 돌아오
는 길에 나는 아주 허전하였다. 새마을운동 다리에서 고
개를 들어보니 저물어가는 들판에는 나 혼자뿐이었다.

그때 갑자기 커다란 합창 소리가 온 들판에 울려 퍼졌

다. '잘 살아보세!'로 시작되는, 요사이 방송에서 무수히 들었던 그 '건전 가요'였다. 창수 아저씨네 지붕에 얹혀 있던 확성기에서 나는 소리가 분명했다. 문득 서울이나 여기나 똑같다는 생각이 들었다.

저녁을 먹은 뒤, 나는 서울로 돌아가겠다는 말을 꺼내기 위해 아버지의 눈치를 살폈다.

"요새도 수로에서 물을 품나요?"

"너, 옛날얘기 허는구나. 농약 많이 쓰기 시작헌 뒤루다 철새들두 안 오는디, 수로에 뭐가 을마나 살겠네? 사는 것두 먹으면 해로울깨비 아무도 안 잡는다."

어머니가 창수 아저씨 형편을 물으셨다. 의사가 무슨 병인지 모른다고 했다는 말에 아버지가 한숨을 쉬었다.

"의사들은 그냥 말해두, 동네 사람들은 농약 많이 하다 중독돼서 그렇다구들 헌다. 근방에 비슷한 병을 앓는 농사꾼이 여럿이여. 작년에 죽은 사람도 있구. 큰일여. 여기다 대면 저기 오서산 밑 동네 사람들 폐병은 아무것두 아녀."

"폐병이라니, 여러 사람이요?"

"아, 오서산 밑에 석면 광산이 있었잖냐? 석면이라는 게 폐 속에 쌓여갖구 고치지 못허는 병이 생겼단다. 그걸 요즘에야 알구서, 온 동네 사람들 죄다 엑스레이 찍고 난리 났다더라. 인저 밥 굶는 사람은 읎어졌는디, 농약 중독이네 뭐네 이런 일이 대꾸 생기니, 세상이 좋아진 건지 나뻐진 건지…… 이런 땐 워째야 헌다네? 너는 그런 거 학교서 안 배웠네?"

나는 배운 게 없지 않았다. 하지만 그게 지금 여기에 맞는지 모르겠고, 맞다고 주장을 해봐야 아버지의 동의도 얻기 어려울 것 같아 그냥 웃기만 하였다.

나는 밖으로 나왔다. 짙은 어둠이 앞을 가로막았다.

바람에서 갯내가 났다. 도미항 쪽에 불빛이 밝은 걸 보면 배가 들어온 모양이었다. 밀물 때였다. 나는 바닷물이 보고 싶어 불빛을 향해 걸음을 옮겼다.

어두워서 걷기 어려웠다. 가까운 수복이네 마당에 이르러 고개를 들어보니 어둠의 장막 너머 희미한 간사지 벌판이 낯설었다. 서울 근처로 이사를 떠난 후 줄곧 비어 있는 수복이네 집도 내가 자라면서 수없이 드나들었던 그 집 같지 않았다.

치런치런한 바닷물이 간절히 보고 싶어 나는 다시 걸

음을 옮겼다. 어둠 속에서 더듬거리며 움직이는 내가, 흡사 갯벌에서 꾸물대는 농게 같았다.

이 모

친구들과 어울리다 밤늦게 들어와 보니 어머니가 와 계셨다. 나는 무심코 여쭈었다.

"어머니 오셨어요? 웬일이세요?"

어머니가 잠자코 있다가 말씀하셨다.

"웬일은 무슨 웬일…… 니들 보구 싶어서 왔지."

그 말끝이 조금 떨리는 듯하였다. 어머니는 누워 계시고, 여동생이 다리를 주물러드리고 있었다. 나는 실수를 깨닫고 변명거리를 찾았다.

"아니, 연락도 없이 서울 오셨기에…… 그런데, 어디 편찮으세요?"

고등학교에 다니는 여동생은 어머니가 오셔서 기쁘기만 한 표정이었다.

"오느라고 피곤하셨나 봐. 내 손이 약손이니까, 이젠 괜찮지, 엄마?"

하지만 어머니는 동생의 부축을 받고서야 일어나 앉으셨다. 얼굴에 수심이 가득했다.

나는 가까이 다가앉아 이마를 짚어보았다. 열은 없었다. 간사지 집에 무슨 걱정거리가 생겼는지도 몰랐다. 하지만 동생은 다른 소리를 했다.

"오빠, '청소' 고모가 돌아가셨대. 집에서 혼자 돌아가셨는데, 근처 사는 사람들이 며칠 지나서야 알았다는 거야."

고모는 장터에 살고 계셨다. 친정 쪽 가족 중에서 특히 어머니를 예뻐하셨다. 다들 보기 드문 시누이올케 사이라고 했다.

"아니, 아직 돌아가실 연세가 아닌데……?"

동생이 어머니 눈치를 살폈다. 나는 무슨 일이 있구나 싶었다.

어머니가 힘없이 말씀하셨다.

"농약 마셨다. 돌아가실 때가 아니구말구. 회갑 지난

지 얼매나 됐간."

고모는 아기를 낳지 못했다. 고모부가 그걸 구실로 딴 여자를 들이자 젊었을 적부터 집을 떠나 당진에서 옷감 장사를 하며 사셨다. 1년에 몇 번 고향에 왔는데, 멋진 옷을 잘 갖춰 입은 모습이 시골 여인네들과는 매우 달랐다. 금테 안경을 쓰고 바느질할 때면 부잣집 마나님 같았다. 고모가 아버지를 설득하여 우리 집에 재봉틀을 들여온 날, 어머니가 싱글벙글하며 고모한테 그걸로 옷 짓는 법을 배우던 모습이 눈에 선했다. 평생 속 썩을 일 이 많은 분이었지만, 고모부가 돌아가신 후 집에 들어 와 살고 계셔서 편안하신 줄 여기고 있었다. 사실 그렇 게 삶을 마감한 까닭을 짐작할 수 있을 만큼 나는 고모 에 대해 아는 게 없었다.

"느이덜은 잘 물르지? 고모가 용관이 의지허구 산 거?"

용관이라면 고모의 시앗이 낳은 아들이었다. 고향에 가면 가끔 찾아뵙던 고모의 말 속에서 그 이름을 듣기는 했지만, 당신이 낳지 않은 자식한테 애정을 쏟으신 줄은 몰랐다.

"지발 그러시지 말라구 내가 말렸싸두 안 듣더니, 기 어이 그렇게 돌아가셨다."

용관이 형이 공부를 꽤 잘한다는 말을 들었던 게 생각났다. 어머니는 도로 자리에 누우시며 이야기를 이어갔다.

"느이 고모가 이전부터 용관이헌티 정을 많이 쏟았어. 나중엔 글쎄, 사업에 필요하다니께 평생 모은 돈까지 다 줘뻐렸지. 그런디 늘 머리 좋다구 혀가 닳게 칭찬허던 걔가 워쨌는지 아네? 저 낳은 에미만 수원으루 데려다 같이 살구, 느이 고모는 쳐다두 보지 않은 지가 벌써 몇 년이나 됐단다. 피 섞인 자식두 안 돌보는 세상이라구, 내가 그렇기 말려두 들은 체 않더니, 혼자 쓸쓸하게 술만 마시며 살다가……"

피 섞인 자식두 안 돌보는 세상…… 아까 잘못한 일도 있어서, 나는 어머니께 달리 무슨 말을 꺼내지 못했다. 맥을 놓은 채 누워 계신 모습을 보며, 어머니가 늘 편찮으신 분이라는 게 새삼 떠올랐다.

자려고 할 때 어머니가 내 방으로 건너오셨다.

"너, 내일 핵교 빠지면 안 되네?"

어머니가 서울에 갑자기 오신 이유가 달리 있을 것 같

아 궁금하던 차였다.

"수업이 하나 있지만, 괜찮아요. 무슨 일이세요?"

어머니는 힘이 드신지 벽에 기대고 앉았다. 아무래도 탈이 나신 듯했다.

"네 둘째 이모 있지? 그 이모 좀 찾아볼라구 그려."

둘째 이모네는 오래전에 간사지를 떠났다. 이모부를 일찍 여의고 둘째 이모는 하나뿐인 아들 부부와 살았는데, 며느리와 사이가 나빠서 동네에 도는 말이 많았다. 안 좋은 말이 들리면 어머니는 산 중턱에 있는 이모네 집에 갔다가 어두운 표정으로 돌아오곤 했다. 내가 한번 따라가 보니 어머니는 이모더러, 무작정 아들 편만 들지 마라, 며느리가 좀 잘못하더라도 제발 참으라고 사정하다시피 하였다. 그리고 성태 형을 울타리 밖으로 따로 데리고 나와서는 이렇게 타일렀다. 남부끄러운 말이 자꾸 밖에 나도니, 도대체 네가 허는 일이 뭐냐? 사내가 좀 피하지만 말구 대차게 훑닦아 나가거라.

"니 이모가 워쳐케 사는지, 걱정돼서 뭇 살겠다. 이런 게 왔는디, 니 고모가 돌아가신 뒤로 부쩍 형님헌티 무슨 일이라두 난 성싶어서 도무지 잠을 뭇 자겠다."

어머니가 꼬깃꼬깃 접은 봉투를 내놓았다. 어머니 앞

으로 온 그 등기우편 봉투에는 편지가 들어 있었다. 이모의 며느리가 쓴 편지로, 그 요지는 이랬다—'간사지에 있는 우리 집 부동산은 누구 명의로 되어 있건 저의 동의 없이 팔면 안 됩니다. 남편(주성태)도 마찬가지입니다. 혹시 남편을 보면 어머니가 매우 기다린다는 말을 꼭 해주시기 바랍니다.'

"내용이 좀 이상하군요. 성태 형이 이혼을 한 것 같기도 하고."

"그렇지? 네가 봐도 글이 좀 이상허지? 편지를 쓴 메느리허구 성태는 같이 안 사는 거 같은디, 그러면 네 이모는 누구랑 산다네? 예전버텀 사이가 나빴으니께 아들 제쳐놓고 메느리랑 살진 않을 텐디, 편지를 보면 메느리 저랑 살구 있다는 거 같기도 허구, 당최 종을 못 잡겠다."

"주소가 경기도 성남시로 돼 있는데, 간사지에 여태 이모네 재산이 남아 있나요?"

"메느리가 지금 그거 어쩔까 봐 떨구 있는디, 재산이랄 것도 읎어. 오래 비워놔서 못 쓰게 된 집허고, 그 옆에 텃밭 쬐끔 있지. 산비탈 있는 건 사겠다는 사람이 읎으니께 여태까정 남아 있는 겨…… 간사지 떠날 적에, 땅

파먹구 살던 사람이 도시루 가서 뭐 허느냐구, 네 이모는 한사코 안 떠날라구 혰지. 성태 아내가, 시골에 처박혀 살면 맨날 그 타령이라구, 도시로 가야 무슨 수가 난다면서 졸르고 졸라서 갔어. 그때 내가 언니한테 아들과 메느리 뜻을 따르야 헌다구 막 밀어박쳤는디, 두고두고 후회된다. 몇 년 전에 성태허구 어머니 성묘허러 왔을 적에, 네 이모가 내 손을 붙잡구는 간사지루 도루 와서 살구 싶다더라."

이제 그만 주무시라고, 좌우간 형수가 이모 계신 데를 아는 듯하니 내일 주소지로 찾아가 보자고, 나는 어머니를 안심시켰다. 어머니가 봉투 잘 간수하라며 한숨을 쉬셨다.

"내가 너무 무관심했다. 나 사는 거만 핑계 대구, 둘째 언니를 잊구 살었어. 인저 늙은이가 된 사람인디 말이다. 우리 어머니가 돌아가실 무렵에, 형제끼리 화목허구 서루 도우면서 살라구, 어린 나헌티까지 당부를 허셨는디…… 그러구 내가 언니하고 약속한 것두 있는디…… 얘야. 내가 어렸을 적에 '청양' 살었다는 얘기했지? 우리 어머니가 큰언니허구 형부 따라서 간사지 땅에 먼저 와 자리를 잡을 적에, 어머니가 너무 보구 싶어서 내가 둘째 언니허구 둘이 청양에서 '질재'를 넘었단다. '주포' 진당산에 그 재가 있는디, 어린것들이 아무것도 몰르구 무작정 들어선 그 산길이 얼마나 험허구 멀던지, 무서워서 둘이 손 꼬옥 붙잡구 울고 또 울며 넘었다……그때 우리 둘이 약속헌 게 있어. 언제든지 서루 헤어지지 말자구, 돌봐주자구 그랬지…… 휴우, 그때는 그랬는디……"

자고 일어나서도 어머니는 몸이 편치 않아 보였다. 날씨까지 갑자기 쌀쌀해져서 정말 걱정스러웠다. 그래도 어머니는 굳이 나서겠다고 하셨다. 그냥 집에서 조리하고 계시면 내가 꼭 이모를 찾아뵙고 오겠다, 모시고 올 수 있으면 그렇게 하겠다고 몇 번이나 다짐했으나 소용없었다. 이렇게 나섰을 때 만나야지, 이모가 죽으면 다 허사라는 말씀이었다. 고모가 돌아가시고부터 어머니는 시간에 쫓기는 것 같았다.

우리는 버스를 여러 번 갈아타고 여기저기 물으며 갔다. 시간이 지날수록 오늘 중에 이모를 찾는 일은 힘들어 보였다. 나는 어머니의 긴장을 풀어드리기 위해 기억을 더듬어 이모가 우리 형제들을 보시면 불러들여 쑥떡, 알밤 따위의 군것질거리를 주신 이야기, 항상 토끼를 기르셨는데 토끼집이 다른 애들네 토끼집과 달리 아주 깨끗했다는 이야기 따위를 해드렸다.

어머니가 의외라는 듯이, 네가 그런 걸 다 기억하느냐고 하셨다. 내가 멋쩍게 웃고 있으니 이런 말씀을 하셨다.

"니가 공부만 허는 줄 알았더니, 딴 사람헌티 관심두 쓰는구나."

그 말 속에 말이 들어 있는 성싶어, 나는 또 어제처럼 말문이 막혔다.

우리는 점심때가 한참 겨워서야 주소지 부근에 이르렀다. 그곳은 농지를 뭉개고 집이나 공장을 한참 지어나가는 변두리, 머지않아 서울의 여느 동네처럼 맨땅은 모두 사라지고 말 개발 지역이었다. 복덕방에 물어보니 한길 저쪽의 식당을 가리키며 그 근처라고 하였다.

그제야 어머니는 다소 안심을 하시는 눈치였다. 어머니는 혼잣말로, 그려, 찾으면 찾지 왜 못 찾느냐고 중얼거리셨다. 셋째 이모더러 이번에 함께 가자고 했는데, 가봐야 못 찾을 거라는 말만 되풀이하다 말더라는 말씀이었다.

복덕방에서 지목한 그 식당은 밥도 팔고 술도 파는 허름한 집이었다. 어머니와 나는 점심을 먹을 겸 거기로 들어섰다. 식사 때가 지나서 한산했다.

우선 음식부터 시켜서 먹고 있는데, 아까 음식을 놓고 간 여자가 다가오더니 어머니를 보며 조심스레 물었다.

"저기 저…… 간사지 사는 이모님 맞지요?"

어머니가 깜짝 놀라며 그 여자를 뜯어보았다.

"그려, 그렇구먼! 저기 저, 형님네 애기 엄마 맞지? 성태 아내 말여."

여자는 그렇다면서 옆의 의자에 털썩 주저앉았다. 잠시 말을 잊은 채 감정을 추스르는 중년의 얼굴이 내 기억에는 전혀 없는 모습이었다. 어머니의 둘째 아들이라고, 나는 형수에게 인사를 드렸다.

흥분한 어머니는 식사를 잊고 이모 안부부터 물었다.

"어머님은, 그냥저냥 계세요. 저하고 같이 사시는 건 아니지만……"

"그럼 딴 디서 성태허구 사시남?"

"그게 아니고, 여기 성남에 사는데, 혼자 사세요."

"혼자? 그럼 성태는……?"

형수는 대답을 망설였다. 어머니는 더 묻지 않았다. 그리고 묵묵히 몇 숟갈을 더 뜬 후 식사를 끝내셨다.

형수가 입을 열었다.

"저는 이 식당 곁방에서 애들하고 살아요. 이게 다 변명 같지만, 제가 어머님을 안 모시는 게 아니라, 못 모시는 거예요."

어머니는 이래도 알고 저래도 안다는 차가운 표정이었다. 나에게 어서 이모 사시는 데를 알아내어 거기로 가자는 눈짓을 하셨다.

"제 편지 받고 오신 거지요? 그게 뭐, 제가 돈 욕심 때문이 아니라 남들이 그렇게라도 해놔야 나중에 권리 주장을 할 수 있다고 해서 보낸 거예요. 저기, 이모님. 제 얘기 좀 들어보세요…… 간사지 떠나 여기 와서 그이가 집 짓는 일을 해서 재미를 좀 봤어요. 저도 식당을 열어 살림에 보탰지요. 그래서 오죽잖으나마 집을 마련했어요. 자리가 좋다고 남의 돈까지 끌어다 샀는데, 그이가 그 집을 어머님 명의로 등기해놓은 거예요. 건축업자들이 사업이 나쁘게 돌아갈 때를 대비해서 하는 일이긴 하지만, 나하고는 한마디 상의도 없이 그랬지요.

그러다 재작년에 일이 터졌어요. 친구한테 속아서, 그

이가 하던 일이 망한 거죠. 그이는 며칠을 밥도 안 먹고
상심하더니 어디론가 사라진 뒤로 도무지 연락조차 없
어요. 이걸 누가 믿겠어요? 멀쩡한 사람이, 아무리 망했
더라도 어머니가 있고 처자식이 살아 있는데, 그 사람은
죽었는지 살았는지 3년째 깜깜무소식인 겁니다. 빚쟁이
들은 거짓말하는 줄 알고 나만 족쳐요. 집을 팔아 정리
하면 좋은데, 문제는 어머님이 팔려고 하지도 않고, 거
기서 영 나오지도 않으시는 거예요. 그 집에서 혼자 눌
러사신단 말이에요."

어머니는 차가운 표정을 바꾸지 않으신 채 자리에서
일어났다.

"그렇다면, 같이 가기는 그렇겄구먼. 우리만 가볼 텡
께, 형님 사는 디나 좀 애헌티 알려줘."

식당 밖으로 나오니 바람이 많이 불었다. 겨울이 성큼
다가온 것 같았다. 나는 다시 어머니의 건강이 걱정되었
으나 어머니는 이모 만날 생각만 하고 계셨다.

형수가 어머니에게 다가섰다.

"이모님, 저를 나쁜 년이라고 생각하지 말아주세요.
그리고…… 어머님을 그 집에서 나오게 해주세요. 거기
다 아파트를 짓는다는데, 그 집 좀 팔 수 있도록 도와주

세요."

어머니가 형수의 얼굴을 마주 보았다.

"고부간이구 부모 자식 간이구, 누구나 따지기루 들면 끝이 옰으니께, 여러 말 할 것 옰어. 잘잘못은 다 지가 속으루 알기 마련이여. 무슨 얘긴지 물르겄지만, 나두 동생이 돼 가지구, 할 말이 옰는 사람이구면."

택시에서 내리니 '크라운 아파트 건축 예정지'라고 쓴 커다란 현수막이 눈에 들어왔다. 형수가 대충 그려준 약도는 그 땅으로 들어가라고 되어 있었다. 이모를 만난다는 희망 때문인지 어머니는 잘 걸으셨다. 나는 이모님께 드릴 과일과 술을 들고 앞장섰다.

본래 제법 큰 시골 동네가 자리 잡았던 터였다. 묵은 길이 새로 닦은 길과 얽히고, 오래된 농가와 비닐하우스들 사이의 땅이 여기저기 파헤쳐져 있어서 어디가 어딘지 잘 알 수 없었다. 다만 커다란 느티나무가 멀찍이 보여 그쪽으로 갔다. 이모가 사시는 집은 그 나무 부근에 있는 축사에서 물으면 된다고 하였다.

느티나무는 오랫동안 동네 가운데 서서 보호받고 떠

받들어졌을 거목이었다. 품이 넓고 우람한 몸체에 남아
있던 잎들이 바람에 사방으로 날렸다. 건설용 중장비와
인부들이 그 아래 모여 있었다. 그 옆에 있는 축사는 소
나 돼지가 아니라 개를 키우는 곳이었다. 주인이 내 말
을 듣더니 가까이 보이는 지붕을 가리켰다.

그 집은 아주 오래된 한옥이었다. 제법 규모 있게 지어
진 집이지만 낡아 빠지고 지붕의 기왓골이 잔뜩 무너져
내려 포장 같은 걸 덮어놓은 모습이, 안에서 사람이 살기
어려워 보였다. 흙과 돌로 쌓은 담장도 거의 무너져 있었
다. 한때 윤택한 양반이 살았음 직한 그 집은, 애초부터
이모네가 오래 살기 위해 구입한 집 같지 않았다.

내가 놀란 것은 잘 가꾸어진 채소밭이었다. 김장하기
좋게 자란 시퍼런 배추와 무가 앞마당에 가득했다. 한
편에는 고추, 상추, 부추 따위도 가지런히 심어져 있었
다. 채소들이 누렁 잎 하나 없이 깨끗했고, 밭 주변도 잡
초가 말끔히 정리되어 있었다. 누가 정성 들여 가꾼 표
가 났다.

어머니가 채소밭을 물끄러미 바라보시다가 확신이 선
표정으로 댓돌에 올라섰다. 뚫린 구멍마다 상품 포장지
나 헝겊 따위를 덕지덕지 발라놓아 얼핏 넝마 같아 뵈는

방문에 대고 어머니는 대뜸 '형님'을 불렀다. 몇 번을 불러도 기척이 없자 어머니가 나를 바라보셨다.

나도 방문을 열기가 두려웠다. 그러나 이제는 나까지 시간에 쫓기는 기분이었다.

방문을 열었을 때, 처음에는 아무것도 보이지 않았다. 안이 매우 어두웠다. 나는 큰 소리로, 계십니까, 안에 누구 계십니까를 반복했다. 그러자 쓰레기 더미 같은 것 속에서 사람 목소리가 들렸다.

"성태냐? 우리 성태 왔냐?"

목소리의 주인이 밖으로 나왔다. 남루한 차림에 머리가 새하얀 노파였다. 몸에서 풍기는 냄새 때문에 나는 엉겁결에 뒤로 물러났다. 그녀는 나를 뚫어져라 바라보며 연방 성태냐고 되물었다. 성태 형을 아는 걸 보니 이모 같긴 했지만, 주름투성이 얼굴에 몸이 금세 허물어질 것처럼 깡말라서 전혀 알아볼 수 없었다.

어머니는 그 모습에 충격을 받은 것 같았다. 잠시 물끄러미 바라보다가 '나 좀 봐유. 언니, 정분이 언니⋯⋯' 하시면서 목이 메었다. 노파가 어머니한테 고개를 돌리더니 잠시 후에야 간신히 알아보는 표정을 지었다. 그녀를 와락 끌어안으며 어머니는, '언니가 이게 웬일이여,

이게 웬일이여'를 되풀이했다.

나는 그 자리에 있기가 힘들었다. 도무지 감당하기 어려운 광경이었다.

가지고 온 음식을 마루에 풀어놓고 밖으로 나왔다.

밖에서 서성거리고 있으려니 짐칸에 철망을 씌운 커다란 트럭이 축사 앞에 섰다. 축사 안의 개들이 일제히 짖기 시작했다. 개를 거기 실으려는 모양인지, 주인이 차를 유도하여 축사에 바짝 댔다.

느티나무 아래 있던 두 사람이 내 쪽으로 다가왔다. 건설회사 마크가 붙은 점퍼를 입고 있지만 노동자처럼 보이지는 않는 사람이 말했다.

"실례지만, 저 집에 사는 노인과 어떻게 되십니까?"

형수가 집을 팔게 도와달라던 말이 생각났다.

"조카입니다. 제 이모님 되시죠."

"아까 같이 온 분은 그럼……?"

"제 어머니예요."

점퍼와 함께 온 공사용 헬멧을 쓴 사람이 심각한 표정으로 말했다.

"두 분이 형제 사이라구요? 그래요? 이거 초면에 미안한데, 그럼 어머님하고 조카분께서 저 노인 좀 얼른 저 집에서 나가도록 설득해주세요. 아파트 지을 땅에 알박기를 하셨는데, 벌써 수도 없이 통고를 하긴 했지만, 사람을 끌어내기가 좀 그래서요."

"실은 저도 아주 오랜만에 찾아뵈어서…… 그런데 끌어내다니……"

그때 느티나무 아래 있던 중장비가 접었던 팔을 나무 위로 길게 펴는 게 보였다. 그 끝에 매달린 통에 사람 하나가 불안하게 서 있었다.

"사람을 끌어내다니요? 강제로 이사를 시킨다는 말씀인가요?"

중장비의 통 속에 서 있던 사람이 무얼 손에 잡더니 요란한 소리를 내며 닥치는 대로 나뭇가지를 자르기 시작했다. 기계톱 같았다.

"강제로가 아니죠. 절차 다 밟았어요."

삽시간에 둥그스름한 느티나무의 한쪽이 뭉텅 잘려나갔다.

"그래도…… 지금 꼭 그래야 하나요?"

"계획대로 아파트를 지어야 하니까요. 사실 우리야 뭐

법에 따라 수용하면 되는데, 인정상 이러는 겁니다."

점퍼와 헬멧이 정말 몰라서 묻느냐는 표정으로 나를 보았다.

개를 다 실은 트럭 운전사가 축사 주인을 불렀다. 관리실 앞에 묶여 있는 커다란 개를 가리키며 물었다.

"저기, 저 개는 어떻게 하죠?"

"아, 그놈도 실으세요. 4년을 같이 살았는데, 기르든지 잡든지 데려가라고, 한꺼번에 넘겼습니다."

공사용 헬멧이 나를 보며 못 박아 말했다.

"시간이 없어요. 이제 저 노인네 집만 남았으니까, 더 버텨봐야 소용없다구요. 그걸 분명히 알려주세요."

점퍼와 헬멧이 내 대답을 기다리지 않고 느티나무 베는 곳으로 갔다.

마지막으로 차에 실리는 개가 요란하게 짖어대며 발버둥을 쳤다.

들어가 보니 어머니는 마루의 기둥에 기대어 기진맥진한 모습이었다. 이모는 아무 일도 없는 사람처럼 채소밭에 들어서서 풀을 뽑고 있었다.

나는 여기 이러고 계시면 무엇 하느냐는 표정으로 그냥 우두커니 서 있었다. 머지않아 집이 강제로 헐릴 거라는 말은 차마 꺼낼 수 없었다. 결국 어머니는 내 부축을 받고 채소밭가에 가서 마지막 말을 꺼냈다.

"형님, 잘 있으슈. 내가 아무것두 못 해주면서 대꾸 같은 소리 허기가 안됐는디, 내가 허는 말 좀 지발 들어유. 이런 디서 이러다가 숨이라두 끊어지면 어떡허우? 그러니 지금 메느리헌티 갑시다. 아니면 나허구 같이 간사지로 가든지. 아, 글쎄, 목숨이 붙어 있으야 아들을 보든지 말든지 할 거 아뉴?"

이모는 천연스럽게 말씀하셨다.

"성태가 여기로 올 텡께, 여기 있으야 헌다니께 대꾸 그러네. 돈만 밝히는 지 마누라 보기 싫어 워디루 갔는디, 성태가 에미 보러 곧 올 껴. 그러면 이 배추루 짐장 담거서 잘 먹구 지내다가, 봄날 따술 때 간사지루 갈 텐께, 동상은 걱정 말어…… 나 말여, 죽는 건 하나두 안 무서워. 사는 게 징글징글허지……"

나는 아무래도 말을 해야 할 것 같아 채소밭 고랑으로 들어서서 목소리를 낮추었다. 내가 공사하는 이들의 앞잡이 같았다.

"이모님, 밖에서 들었는데, 근방이 다 이사를 가서, 이젠 집을 비워야 한대요."

그 말이 들렸는지, 어머니가 몸을 못 가누고 마당에 주저앉으셨다. 얼굴에 핏기가 전혀 없었다. 나는 황급히 어머니를 업었다.

어머니는 아주 가벼웠다. 그렇게 가벼울 줄은 몰랐다. 어쩐지 너무 늦은 것 같았다. 그게 무엇인지 몰라도, 모든 게 이미 늦어버린 것 같았다.

느티나무는 가지가 거의 다 잘려 있었다. 기둥 줄기만 남은 모습이 땅에 박힌 커다란 말뚝처럼 보였다. 나는 문득 고향 마을 '새울'에 있었던, 이제는 다 잘려 나가 민둥산이 된 왕소나무 숲이 떠올랐다.

목이 메어 자꾸 끊기는 어머니의 탄식이 등 뒤에서 들렸다.

"……사람 노릇두 못 허구…… 다덜 지 생각뿐이니…… 노인네가 따뜻한 밥 한술두…… 휴우, 동네서 부자 소리 들으면 뭘 혀…… 내 맘대루 돈 한 푼 쓸 수 있기를 헌가……"

어머니의 여린 몸이 바들바들 떨렸다. 그 몸에 젖은 슬픔이 한없이 무거웠다. 나는 바람을 안고 뛰기 시작했다.

아버지

    우리 집은 가난하지 않았다. 동네에서, 나중에는 면面 전체에서 한때 소문난 부자였다. 그러나 아버지는 평생 가난하셨다.

    타고난 가난에서 벗어나려는 아버지의 첫번째 시도는 일본행이었다. 일제 강점기에 거간꾼들의 '모집'에 응하여 일본의 규슈 탄광에 품팔이를 하러 갔다. 품삯 많이 주고 쌀밥을 먹여준다는 선전에 속아서 사실은 징용을 당한 것이었다. 아버지는 평생 오른쪽 다리가 편찮으셨는데, 지하 갱도에서 하루에도 몇 번씩 죽을 고비를 넘기며 석탄을 캐고 운반하다 얻은 병이었다. 다리를 주무르며 아버지는 말씀하시곤 했다. "거기서 조선 사람은 짐승이나 같았다니께."

돼지우리 같은 광부 막사에 폭탄이 떨어지자 아버지는 탄광에서 빠져나와 몰래 현해탄을 건넜다. '왜늠덜 나라에서 죽기는 싫어서'였다. 선전과 달리 임금은 매우 적었고, 그것도 대부분 강제로 일본의 은행에 예금된 상태였다. 그 돈은 끝내 돌려받지 못했다.

집에 송금할 수 있었던 돈도 별로 아버지 손에 남지 않았다. 결혼하여 제금을 날 때 할아버지로부터 받은 것은 척박한 다랑이 논 한 배미가 전부였다. 할아버지는 세상사에 별 관심이 없는 분이었다. 어렸을 때 아버지는 문중의 시제時祭에 간 적이 있다. 양복을 입고 유식한 말을 주고받는 집안사람들 옆에서 꾀죄죄한 두루마기를 걸친 채 무심히 밤껍질만 벗기고 있는 당신 아버지의 모습을 보고, 아버지는 그냥 그 자리를 떴다. 제사 음식이나 얻어먹을까 하고 거기 갔던 것이 어린 마음에도 오래도록 부끄러웠다.

가난은 막강하였으므로 아버지는 강한 사람이 되어야

했다. 체구가 크지 않은 편이었지만 누구한테도 지지 않았다. 어머니가 가끔 말씀하셨다. 느이 아버지가 둑 위에서 건넛마을 누구랑 물꼬 싸움을 하더라. 덩치가 큰 사람이라 말루만 허다가 말었으면 허구 있넌디 잠깐 새에 둘 다 옰어진 겨. 아 글쎄 놀래서 뛰어가 보니, 둑 아래 무논에서 두 사람이 엎치락뒤치락허구 있더라. 나중에 들으니, 느이 아버지가 힘으루는 안 될 테니께 안구 굴러버렸댜······

아버지와 어머니는 끼니를 거르면서 땅을 넓혔다. 10여 년 노력한 끝에 한 식구가 걱정 없이 살아갈 만큼 농지를 소유하게 되었다. 하지만 아버지한테는 그게 끝이 아니라 시작이었다. 아버지는 학교에 다닌 적이 없어도 당시로서는 드물게 '해외'를 보고 온 사람이었다. 그게 공부였다. 얘야, 같은 노동을 허구 임금을 받는디, 일본과 조선이 그렇게 다르더라. 같은 거라두 때와 장소에 따라 값어치가 달라지더란 말여.

그래서 논이 꽤 많아진 다음 착수한 일이 그 논에서 나는 쌀을 거래하는 일이었다. 수확한 벼를 겨우내 말리고 찧은 뒤, 쌀값이 좋은 봄이면 트럭에 싣고 서울로 가서 도매상에 넘겼다. 나중에는 아예 정미소를 열어 남의

쌀까지 찧어 사 모은 뒤, 용산 시장에 가서 몇 날이 걸리
든 다 팔릴 때까지 직접 소매를 하기도 했다.

그러던 어느 날, 서울 갔다 근 보름 만에 나타난 아버지
는 들고 온 가마니 속에서 무엇을 꺼냈다. 아이 베개만 한
라디오와 어른 베개만 한 축전지였다. 라디오는 진공관
을 쓰는 외국제였고, 건전지가 일반화되기 전이라 자동
차용 축전지를 '약'(전원)으로 썼다. 아버지는 매일 오후
물가 방송을 듣기 위해, 특히 쌀 시세를 알기 위해 그것을
사 왔다. 다른 방송은 '약'을 아끼느라고 듣지 않았다.

동네 아이들은 라디오를 가까이 본 적 없어서 사람이
들어 있지 않은데도 사람 소리가 나는 이상한 물건을 일
부러 와서 구경했다. 본처가 첩의 모함에 빠져 고생하는
어떤 연속극이 아주 재미있다는 소문을 들은 어머니가
아버지를 졸라 그걸 듣기 시작했다. 얼마 지나지 않아 저
녁이면 동네 사람들이 모여서 함께 그것을 들으며 울고
웃게 되었다.

아버지는 연속극을 좋아하지 않았다. 연속극에 몰두
한 사람들이 마루에서 뻔히 보고 있어도 혼자 외양간 옆
에서 여물을 썰고 있었다. 아버지한테는 꾸며낸 이야기
속에서 착한 아내가 겪는 고생보다 서울과 우리 지역의

쌀값 차이가 얼마인지만 중요해 보였다.

　나일론 그물이 나왔을 때, 아버지는 어업에 뛰어들었다. 바닷물에 잘 상하지 않는 놀라운 실, 광천장에서 본그 새하얀 실이 아버지를 사로잡았다. 큰돈 들여 배를사고 가까운 '도미항'의 어부들을 모아 여러 날 걸려 그물을 얽었다. 그리고 오색 깃발을 날리며 출항했다.

　바닷일을 모르는 데다 농사를 지어야 하는 아버지는함께 출항하지 못했다. 그러니 어획량이 적어도 원인을알 수 없었다. 게다가 어쩌다 꽃게나 새우를 많이 잡아도 냉장 시설이 없어서 어항 부근 사람들과 곡식 따위를 받고 서둘러 교환하거나 소금에 절일 수밖에 없었다.조금이라도 값을 더 받으려면 말려야 했다. 하얀 병어를우리 집 바깥마당 가득히 널어놓은 광경이 지금도 눈에선하다.

　활로를 찾기 위해 한동안 아버지는 가까운 광천과 대천의 항구에 가서 살다시피 하였다. 잠을 자다가도 일어나 골똘히 생각에 잠기곤 했다. 결국 아버지는 배를 팔고 어업에서 손을 뗐다. 아버지가 하는 일에 늘 아무 상관을 하지 않던 어머니가 혼잣말처럼 말씀하셨다. 인저 먹구살 만허니 가만히 좀 있지, 싸장사혀서 번 거 바다에 다 빠뜨렸구먼.

어린 내가 들어도 그럴듯한 말이었다. 그러나 아버지는 들은 둥 만 둥 하셨다. 한동안 아픈 사람처럼 누워만 지내면서 가끔 일어나 앉아 셈을 하곤 했다. 주판이 아니라 성냥개비를 가지고 하는 아버지만의 셈이었는데, 손해 본 것을 헤아리는 듯하였다.

건전지를 사용하는 트랜지스터라디오가 국내에서 많이 생산되어 '약값' 걱정하지 않는 시절이 되어도 아버지는 여전히 뉴스만 들었다. 그러다가 한번은 길게 탄식을 하셨다. 전기가 들어오지 않아서 다섯 시만 넘으면 방 안이 어둑어둑하던 때였다. 뉴스란 게 도대체가 무슨 말인지 알아먹을 수가 읎어. 말두 어렵지면, 엉뚱헌 소리덜만 허니께 말여. 고기를 잡으면 보관헐 냉동 창고라두 지어준다덩가, 쌀을 생산허면 지값을 받도록 헤준다덩가…… 나라에서 그런 건 안 허구 원…… 나야 뭇 배웠으니께 그렇다지믄, 배웠다넌 사람덜이 도대체 뭔 생각으루다 사는 거여. 이러다 또 왜늠덜헌티 당허지……

사람들이 등 뒤에서 부르는 아버지의 별명은 '글쎄'였
다. 무엇을 물으면 얼른 대답을 안 하고 '글쎄……'라고
한 후, 한참 뒤에야 대꾸를 하기 때문이었다. 게다가 그
대꾸도 애매하기 일쑤였다.

　아버지는 늘 생각을 거듭했다. 새벽에 일어나 담배를
피우며 어디에 갇힌 사람처럼 쭈그리고 앉아 혼자 무엇
을 골똘히 궁리하는 모습, 그것이 내 기억에 선명히 새
겨진 아버지의 모습이다. 아마 배 사업에서 재미를 못
본 뒤부터 습관이 된 듯하다. 나이를 먹을 만큼 먹은 후
에야 나는 아버지의 '글쎄'는 생각할 시간을 갖기 위한
말이요, 배움이 짧아 얼른 판단하기 어렵기 때문에 되풀
이하다가 습관이 된 말이라고 이해하였다.

　생각은 많고 길었다. 그러나 생각 끝에 결심이 서면
아버지는 아무것도 돌아보지 않았다. 내가 고등학교 다
닐 때였다. 중간고사를 앞두고 긴장해 있던 토요일에 아
버지가 불쑥 나타나셨다. 전화기가 귀한 시절이었다.

　"얘, 너 내일 나랑 워디 좀 가자."

　"시험공부, 해야 되는데요."

　"시험공부? 그건 오늘 다 혀라. 별은 나랑 헐 일이 있

어."

나는 직감했다. 아버지가 새 일에 착수하기로 작정한
거였다.

다음 날 나는 어디로 가는지도 모르고 따라나섰다. 묻
기는 했는데 '글쎄'라고만 하셨기 때문이다. 버스 정류
장에서야 아버지는 시흥에 가자고 하였다. 나는 버스 안
에서 거기 가는 까닭을 알았다.

"시흥엔 왜 가세요?"

"테레비에서 시흥 동네를 비치넌디, 교회가 아주 많더
라."

"교회…… 보시러요?"

"아녀. 살 만헌 집이 있능가 볼라구."

"집을 사요? 우리 집은 있잖아요?"

우리가 사는 서울 집은 셋집이 아니라 아버지가 산 집
이었다. 몇 년 전에 논 한 섬지기 값을 주고, 노량진역 가
까운 황토 언덕에 아버지는 붉은 기와집 한 채를 샀었
다. 그 일로 해서, 아이들 교육에 너무 큰돈을 쓴다고 친
척들의 입에 오르내리기도 했다. 그런데 또 집을 산다니
걱정이 되었다.

"돈 있으세요? 집 살 돈 말예요."

"옳다. 그냥 집값을 보는 거여. 논을 팔먼 되니께."

그냥 본다면서 논을 판다…… 애매하지만 놀라운 말씀이었다. 여러 가지 일을 하셨어도 아버지는 어디까지나 농부였다. 농부가 논을 팔다니!

"논을 팔면 어떻게 하죠?"

"워척허긴 뭘 워척혀. 정부에서 논값, 쌀값 안 올리기루 작정을 혔으니께, 인저 논은 소용없어. 집값은 날마다 올라가는디, 논값은 밤낮 제자리인 거, 너 여태 물르네? 지금 논 붙들고 있으면 날마다 손해 보는 심여."

그 말씀을 듣고 나는 시흥에 도착할 때까지 아무 말도 더 하지 못했다. 아버지의 판단이 맞든 틀리든, 나는 묻고 따질 자격이 없었다. 논을 팔아 집을 사기로 마음먹은 건, 이미 우리가 사는 집을 매입한 몇 년 전부터인 셈이었다. 또다시 그 일을 하기로 작정하기까지 아버지가 얼마나 많은 시간 동안 생각을 거듭했을지 짐작이 갔다.

그날 복덕방을 여기저기 드나들 때, 복덕방 주인들이 아버지의 초라한 행색을 보고 대답도 성의껏 해주지 않는 것을 보았다. 입에서 단내가 날 정도로 여러 집을 보고 나자 나까지 집주인들이 월세 수입을 얼마나 부풀려 말하는지 알아채게 되었을 때에도, 아버지가 전혀 모르는 사람처럼 묻고 또 묻는 것을 보았다. 나는 배가 고프고 목이 말라도 이제 그만 쉬자고 할 수 없었다.

늦은 점심으로 짜장면을 먹으며 아버지가 물었다.

"너 말이지, 아까 마지막에 본 집이 워떻데?"

"제일 깨끗하고 좋던데요."

"그게 전부냐? 너어, 집만 봤구나."

나름대로 성의껏 관찰하고 말씀드렸는데, 무엇이 잘못됐는지 짐작이 안 갔다.

"집을 볼라면, 집자리를 먼저 봐야지. 앉은 땅 말여. 그 집은 못 쓴다. 비가 오면, 근처의 물이 죄다 그 집으로 쏠리게 생겼어. 이따 다시 봐라. 내 말이 맞는가 틀리는가."

나는 정말 다시 가 확인해보았다. 과연 그런 지형이었다. 아버지는 놀라는 내 얼굴을 보며 그것 보라는 표정으로 웃으셨다.

그날 나는 또 확인했다. 아버지 말씀대로, 거대한 시흥 골짜기에 어둠이 내릴 때 붉은 네온 십자가 아주 여러 개가 불을 밝혔다. 텔레비전 화면에 잡힌 그 개척 교회의 불빛들이 아버지에게는 뜻깊은 기호였던 셈이다. 저것 봐라. 이 동네가 허름허긴 헤두, 사람이 모이는 디여. 조금 있으면 온 나라 사람이 죄다 서울로 모일 텐디, 모르긴 헤두, 값싸고 세 잘 나갈 곳으로 이만헌 곳도 드물 게다.

부동산을 사고팔던 시절, 아버지는 형이나 나를 데리고 다니셨다. 처음 갔던 날은 보고만 왔지만, 아버지는 결국 시흥에 집을 샀다. 나중에는 신림동에도 샀고 충청남도 아산만에 새로 만들어진 간사지에도 샀다. 아버지가 그것들을 언제 팔았는지, 그래서 논을 가지고 가만히 농사만 짓는 것보다 얼마가 더 남았는지 나는 모른다. 다만 그때 아직 세상 물정 모르는 형과 나를 데리고 다니신 것은, 아버지 말씀으로는 '남한테 속지 않기' 위해서였다고 하지만, 어떤 벽에 부딪혔기 때문이었다. 물론 자식 교육도 생각하셨겠으나, 그게 이유 중 하나임을 나중에 짐작으로 알았다.

여윳돈이 좀 있는 사람이면 너도나도 주식에 뛰어들던 때에, 아버지는 말씀하셨다. 이제 돈이 돈을 버는구나. 벼를 심지두 않구, 땅을 주구받지두 않으면서 돈을 번단 말이지? 그 말을 하는 아버지의 표정이 어쩐지 쓸

쓸해 보였다. 아버지는 글이 익숙지 않아, 형이 중학생 때 썼던 『세계지리부도』가 즐겨 보시는 책의 전부였다. 연세도 연세지만, 그런 아버지가 주식 시세표 따위를 통해 정보를 얻는 건 무리였다. 토지 개발 정보를 빼내어 투기를 하는 일 따위는 말할 것도 없었다.

아버지가 적지 않은 재산을 모은 것은 사실이다. 하지만 아버지는 평생 가난하게 사셨다. 절약이 몸에 배어 먹고 입는 데 돈을 쓰지 못했으며, 아무리 권해도 가까운 대천해수욕장에서 해수욕 한 번 제대로 즐긴 적이 없었다. 오로지 자신의 감각과 생각에만 의지해 살다 보니 이렇다 할 친구조차 없었다.

나도 자식을 낳아 아버지가 된 후의 일이다. 아버지께 여쭈었다.

"서울에 우리가 학교 다닐 집을 산 건, 투자를 하신 거죠?"

"그럼, 투자했지. 집에 투자허구, 너희들헌티 투자허구."

"저희들이 상대商大도 한 사람 안 가고, 별로 돈 벌 줄도 모르니, 저희들한테 하신 투자는 실패한 셈이네요."

"실패? 자식헌티 실패가 워딨구 성공이 워디 있다네?

164

나는 배우지 뭇혜서 평생 갇혀 살구 쫓기면서 살었넌디, 느이덜은 그러지나 말었으면 좋겠다."

나는 말씀하시는 뜻을 잘 알아듣지 못했다. 그래서 딴소리를 했다.

"제가 자식을 키워보니 며칠만 못 보아도 마음에 걸리던데, 저희들이 어린데도 어떻게 서울로 전학을 보내셨어요?"

"너두 참, 대학까지 댕긴 사람이…… 너허구 난 입장이 달러! 그걸 여태 물르네? 내가 평생 껌껌헌 디 갇혀 사는 거 같다구, 아까두 했잖으냐?"

아버지는 정말 답답하다는 표정으로 나를 보셨다.

제3부

잔치

초여름 날씨가 꽤 더웠다. 부천역 마당으로 나오니 땡볕 속에서 수복이가 웃으며 다가왔다. 그의 아버지가 돌아가셨을 때 보고는 처음이니까 1년 가까이 된 것 같았다.

"선생님 옷차림이 그게 뭐여? 두꺼운 양복을 여태 입고 있네."

수복이는 가벼워 보이는 회색 양복을 빼입고 있었다. 오늘 입으려고 새로 장만한 모양인데, 조금 철에 일러 보이고 살빛이 검어 어울리지 않았다. 구두는 낡은 것을 닦지도 않은 채 신고 있었다. 그가 내 차림새를 흉볼 처지는 못 되었다.

"나와줘서 고맙다. 오래 가야 되냐?"

"'소사 복숭아'라는 소리 들어봤지? 바로 그 '복사골'
이라구. 내가 생각해보니께, 기찻길 생기기 오래전부터
사람들이 모여 살던 동네 같어."

수복이는 뜬금없이 동네 이야기를 하였다.

전에 그는 간사지에서 우리 집 옆에 살았다. 옆집이라
고 해야 사이에 밭이 두 마지기나 있어서 개 짖는 소리
도 잘 들리지 않았지만, 우리는 부근의 '똥섬' 마당에서
같이 뛰놀며 컸다. 고향을 떠난 뒤에도 가끔 만났는데,
내가 자취하는 방에 불쑥 나타나 있는 것 다 뒤져 먹고
는 코를 골며 자고 가는 식이었다.

수복이 아버지가 일하다 사고를 당했을 때도 오늘처
럼 전철을 탔었다. 그때는 인천역에 도착하여 묻고 또
물으며 병원까지 갔다. 아직 대학에 다닐 때라 별 도움
을 주지 못했다. 간사지로 꼭 돌아간다고 하셨는데 이렇
게 됐다고, 수복이는 얼굴이 퉁퉁 붓도록 울었다. 사고
책임자 측 사람들과 합의를 볼 때 서류의 문구가 부당한
데를 조금 수정해준 게 도움이라면 도움이었는데, 수복
이는 그것을 무척 고마워했다.

나는 그를 따라 포장이 깨져 먼지가 풀풀 날리는 도로를 건넜다.

"국어를 가르친다고 했지? 중학교가 아니라 고등학교구…… 월급 많이 주냐? 대학 나왔으니 많이 줄 테지."

성미 누나 결혼식장 찾아가는 일로 얼마 전에 통화를할 때 대강 이야기했던 화제를, 수복이는 다시 꺼냈다.나도 알면서 물었다.

"지금은 몰라도 앞으로는 너보다 못 벌걸? 저번에 너,국밥집 사장 된다고 그랬잖어?"

"자리를 계약했는데, 남의 돈 많이 썼어. 그래도 몇 년갚으면 가게가 내 꺼 되니께, 망하지 않으면 저축을 많이 허넌 심이지."

부천이 시市가 된 지 얼마 되지 않은 탓인지, 역에서멀어지자 주변에 논밭이 많이 보이고 집들도 허술하여도시 같지 않았다.

"은행나무 어쩌구 했는데, 성미 누나 결혼식장에 은행나무가 있냐?"

"자꾸 '성미 누나'라구 부르지 말어! 선생님답지 않게시리. 예전에 너희 집서 일을 했어도 원철이 형 아내니까 형수라고 불러야지. 원철이 형이 너보다 나이가 여덟

살이나 많구, 나한테는 외가 쪽 형이라니까."

수복이는 어렸을 적부터 제가 나보다 한 살 많다고 툭하면 형 노릇 하려 드는 버릇이 있었다. 나보다 여덟 살 많다고 했으니까, 원철이 형이 저보다는 일곱 살 많은 게 분명했다.

"알았습니다, 형님. 제가 어렸을 적에 늘 그렇게 불러서 그래요…… 야! 바지락 잡으며 연애하는 걸 도와준 사람이 바로 나 아니냐? 나도 이 결혼에 공을 세웠으니 용서해주라."

"다 큰 자식을 둘이나 뒀다구. 그래서 형수가 창피해서 식은 못 하겠다는 거라. 내가 생각해보니께, 허물없는 사람만 부르면 되겠더라구. 그래서 이 동네 아는 사람하고 고향 사람들한테만 알리자고 한 거여."

그가 말하는 '고향 사람들'이 누군지 짐작하고 있었다. 사실 나는 그들하고 따로 산 지 오래여서 며칠 전부터 참석을 조금 망설였다.

도로가 물길과 만나서면서 굽어졌다. 근처는 모래밭이 넓어 예전 같으면 큰 장이라도 섰을 자리였지만 쓰레기만 잔뜩 널려 있었다. 언덕을 조금 오르자 제법 큰 동네가 나왔다. 더워서 목이 말랐다. 결혼식 하기에는 좋은 날씨였다.

"그건 그렇고, 결혼식하고 은행나무가 무슨 상관이냐
고 아까 물었잖아."

"아, 결혼식장이 거기라니까 그러네! 천년 묵은 은행
나무가 저 위에 있다구. 느티나무도 오래된 게 있는데,
거기는 장소가 마음에 안 들어. 내가 생각해보니께 은행
나무 마당이 터가 참 좋은 데라. 아, 나무가 천 살을 먹었
으니 그게 보통 나무냔 말야. 형수가 면사포 써보는 게
원이라고 하길래, 그럼 면사포를 쓰면 될 거 아니냐, 그
게 뭐 그렇게 어려우냐, 그래서 잔치를 연다구 했는데,
왜 자꾸 묻는 거여."

언덕길을 조금 올라가자 하얀 천막이 보이고 그 옆에
커다란 나무가 우뚝 솟아 있었다.

가까이 갈수록 그 나무가 과연 보통 나무는 아닌 게
느껴졌다. 나이를 많이 먹어 그런지 잔가지가 적고 드문
드문 잎이 성긴 곳도 있었지만, 범접하기 어려운 거구의
노인 같은 데가 있었다.

나무 아래 모여 있던 사람들이 수복이를 보더니 어디

갔었느냐고 소리쳤다. 그리고 수복이 옆에 있는 나를 보고는 다들 한마디씩 했다. 아이구 이게 누구랴? 오랜만이여. 선생 됐다면서? 나는 정신없이 쏟아내는 질문에 답할 겨를도 없이 악수만 나누었다.

한쪽에서는 벌써 막걸리를 마시고 있었다. 안주 접시에 고기가 많은 걸 보니, 수복이가 국밥집 주방장 솜씨를 발휘한 모양이었다. 나는 장식이 부글부글 달린 하얀 웨딩드레스를 입고, 움직이기 불편한지 의자에 뻣뻣이 앉은 채 나를 바라보고 있는 성미 누나한테 다가갔다. 누나는 몸피가 매우 불어서 어디서 따로 만나면 잘 알아보지 못할 성싶었다.

"어서 와. 오랜만에 보네. 나, 우습지?"

나는 아니라고, 정말 멋지다고 말해주었다. 저쪽에서 사진사와 이야기를 나누던 원철이 형이 멋쩍게 웃었다. 나는 수복이를 의식하며 깍듯이 인사를 했다. 신랑 차림을 하고 머리에 기름을 발라 온통 뒤로 넘겨서 그런지, 형은 어쩐지 너무 멋을 부린 티가 났다.

초등학생 또래의 여자애가 누나한테 몸을 기대며 물었다.

"엄마, 사진 언제 찍어?"

"애가 바로…… 야, 잘생겼다."

누나가 거리낌 없이 말했다.

"아냐, 걔는 저기 저, 중학생 교복 입은 녀석이야. 일찍 농사를 짓는 바람에 곧 고등학교 간단다. 쟤도 알아. 지가 속도위반으로 태어난 거."

누나는 웨딩드레스가 갑갑한지 몸을 뒤틀며 손으로 자기 배를 가리켰다.

"이 배 속에 지금 셋째가 들어 있는데, 얘가 나오기 전에 결혼사진이라도 찍고 싶다고 했다가 이렇게 됐어. 우리야 뭐 맘만 먹으면 속도가 빠르니까, 넷째까지 하나 더 낳아서 그냥 가족사진 찍고 마는 게 편했을 텐데."

나는 줄곧 미소만 짓고 있었다. 누나가 전처럼 거침이 없어 옛날 기분이 났다. 누나는 내게 음식과 술을 권했다. 술은 잘 못 마시지만 사양할 수 없었다.

그때 대학생 같은 젊은이가 나를 유심히 보더니 다가왔다. 그는 자기 아버지 함자가 김, 창 자, 수 자라고 밝혔다. 그러자 짐작이 갔다. 창수 아저씨, 그러니까 그는 바로 '성출이 아버지'의 아들 성출이였다. 나는 반가워서 그를 옆에 앉혔다.

"아버지 돌아가신 후에도 너희 집은 그냥 '도미항'에

있지?"

"그럼요. 어머니는 도시로 와봐야, 할 일이 없는걸요."

"그랬구나. 그래, 어떻게 지내니?"

내가 너무 무심했다는 생각이 들어서 미안하다고 덧붙였다.

"별말씀 다 하세요…… 저는 시험공부를 하고 있어요."

그의 집 벽에 즐비했던 상장들이 떠올랐다.

수복이가 사람들을 한곳으로 모았다. 결혼식은 따로 올리지 않고 사진만 찍으니까, 안 찍으면 잔치에 안 온 거라는 소리를 되풀이했다. 뒤에 한 줄 더 만들라구. 내가 생각해보니께, 은행나무를 등지고 세 줄로 서는 게 좋을 것 같아.

성출이는 일정한 연락처가 없다고 했다. 나는 명함을 주며 나중에 만나자고 했다. 만들어놓고 처음 써보는 명함이었다.

누가 내 팔을 잡았다. 돌아보니 기억이 나지 않는 얼굴이었다. 하지만 그런 내색을 할 수는 없었다. 그가 내 팔을 꼭 붙든 채 말했다.

"나는 간사지 건너 '소루꾸지' 살었어. 썰매 타기 그런 거 하면서 너하고 많이 놀았지. 네가 일류 대학 다닌다고, 나중에 잘될 거라고들 하는 말 듣고 참 반가웠어. 자랑스럽기도 하구."

일류 대학이 아니라고, 나는 얼른 정정했다. 말을 하면서도 그 소리를 굳이 해야 되는지, 안 하고 가만히 있는 편이 나은지 가늠이 되지 않았다.

"그런데, 전에 간사지로 찾아왔던 서울 여학생은 잘 있냐? 내가 들일을 하다가 둘이 참샘골 쪽으로 가는 걸 봤거든."

금희 이야기를 하는 듯했다. 나는 서로 연락이 없다는 뜻으로 고개를 저었다.

사진사가 자리를 잡더니 모두 웃으라고 했다.

수복이한테 이끌려 천막 안으로 들어가니 또래들이 한구석을 차지하고 있었다. 모르는 얼굴도 많았다. 수복이가 나에 대해 늘어놓았다. 가운데 간사지 둑 옆에 함석집 있잖어. 그 집 둘째야. 일찍 서울로 전학 갔지만, 우리랑 같이 찝찔한 물 먹고 큰 건 같어…… 옆 동네 '텃골'에 살았던 호종이가, 다 아는데 무슨 여러 말이냐고 투덜거렸다. 나도 수복이를 제지하며 허리를 굽혀 한꺼번에 인사를 하였다.

호종이가 나한테 잔을 넘기고 술을 따르려 하였다. 호종이 옆의 색안경 낀 친구가 술병을 채어다가 대신 내 잔을 채우며, 말은 수복이한테 대고 하였다.

"그런디 수복이 너는, 오늘 어쩐지 네가 결혼을 하는 것 같다."

모두 깔깔거리며 정말 그렇다고 맞장구를 쳤다. 다른 친구가 거들었다.

"잔치를 주선한 게 너라지? 그런데 뭐가 좀 허전허다. 수복이 네가 맞절을 시키든지 주례사라도 해야 되는 거 아니냐?"

수복이가 땀을 닦으며 입을 열었다.

"전통식으로 족두리 쓰고 맞절하면 되는데, 신부가 굳이 드레스를 입어보고 싶다고 해서 그렇게 됐다. 그런데 너희들, 이 은행나무 마당 좋지 않냐? 내가 생각해보니께, 나무가 좋은 기운을 주고 옛날 시골 생각이 나는 데다 사진 찍으면 멋도 있고, 여기만 한 데가 없더라. 나하고 원철이 형네가 이 동네 같이 살며 저 아래 시장서 일하는데, 위쪽엔 오래된 샘도 있어. 아마 사람이 여기 살기 전부터 물이 솟은 샘일걸. 나는 암만 생각해봐도 이 마을이 좋아. 고향 같거든."

여러 목소리가 어지럽게 쏟아졌다.

"야, 지금 시골이 어딨고 고향이 어딨냐? 너도나도 서울로 떠나서 조금 있으면 간사지 같은 시골엔 늙은이만 남을 판이야."

"맞어. 이제는 여기도 머지않아 아파트투성이가 될 텐데, 고향은 개뿔 무슨 고향이냐?"

"정말 인저 농사는 누가 지을라나 물러. 서울 근방은 농사지을 땅두 옲어질 거구, 그러면 뭐 먹구 살지?"

"너는 참, 그 무식한 소리 좀 그만해라. 네가 지금 농사 안 지어서 다들 굶고 있냐? 나는 농사일 안 해서 정말 살 것 같다. 저번에 전방서 장교로 근무하는 영조를 만났는데, 경제개발계획이 이대로 잘되면, 모두 자가용 굴리며 살게 된다더라."

"영조가 장교 됐다구? 군인이 세력 잡은 세상에서 군인 됐으니 이제 어지간히 뻐기며 살겠구나. 그 녀석 학교 길에서 그렇게 끝없이 지껄여대더니, 요새는 방송서 밤낮 옲어대는 말 옮기느라 바쁘구먼."

연거푸 권하는 술잔을 거절하기 어려워 나는 슬그머

니 밖으로 나왔다. 친구들의 투박한 행동거지가 부담스러운 것도 사실이었다.

수복이 떠드는 소리가 밖에서도 들렸다.

"너희들 모르고 있지? 내일모레가 바로 단오야. 내가 생각해보니께, 날을 잡자면 단오만 한 날이 없겠더라구. 예전에 간사지 살 때 단옷날이면 다들 일손 쉬고 놀았잖어. 날씨도 좋고 다들 모이기도 좋은 때라……"

"수복이 너 참 이상하다. 네가 모를 심었냐 콩을 심었냐? 농사일 하다가 쉬는 단오허구 지금 우리가 무슨 상관이라구 그래? 나는 일요일인데도 근무하다가 간신히 짬 내서 왔는데."

수복이가 물러서지 않고 대거리를 했다.

"그래도, 단오는 단오여. 단오가 워디 가냐? 이 좋은 철에 결혼 축하해주러 모인 게 너희들 안 좋냐? 애를 먼저 낳기도 했지만, 원철이 형의 형님께서 월남 가서 죽는 바람에 잔치할 때를 놓친 거, 우리가 이렇게 벌여주면 멋있지 않어? 나는 형제가 없어서 그런지, 아는 사람끼리 예전처럼 정답게 모여 살면 좋겠더라. 생각해보니께, 그게 참 좋을 것 같어."

"너, '생각해보니께' 소리 자꾸 하는데, 생각 잘못하는 거다. 잘못해도 한참 잘못하는 거야. 모여 살긴 어디서 모여 사냐? 우리가 땅이 있냐 돈이 있냐? 서울 살겠다고 고향 떠난 지가 벌써 몇 년인데, 다들 서울 바깥에서 방 한 칸이 아쉬워 헤매고 있잖냐? 우리 중에 서울 들어가 자리 잡은 놈이 누가 있냐?"

나는 정신이 번쩍 들었다. 밖에서 엿들어 다행이지, 얼굴을 들고 있기가 어색한 판이었다.

걸죽한 음성이 끼어들었다. 색안경을 낀 그 친구 같았다.

"지금 세상에, 돈이 없으면 학벌이라도 있어야지. 수복이 너는 집이 어려워서 고등학교 다니다 말았지? 국밥집 월급 받아서 돈 좀 모아지데? 식구끼리라도 오손도손 모여 살 돈이, 순진해 빠진 너한테 떼로 모여들더냐구? 나는 딴거 하는데, 네가 연다는 그 국밥집 잘되면 나도 좀 붙여주라."

"수복이가, 집안 사정 땜에 고등학교 그만뒀냐? 머리가 나빠 그만둔 거 아니었어?"

다들 와아 웃었다.

마당에 흥겨운 음악이 흘렀다.

성미 누나는 옷을 한복으로 바꿔 입고 있었다. 동네
아낙네 같은 사람들과 깔깔거리며 떡을 봉지에 나누어
담다가 손짓으로 나를 불렀다. 우리 집 소식을 묻는가
했더니 다른 소리를 꺼냈다. 어린 처녀가 바람났다고 쫓
겨나듯 떠났기에, 우리 집에는 정나미가 떨어졌는지도
몰랐다. 웨딩드레스를 벗은 데다 술을 몇 잔 걸쳐 불콰
한 모습이, 이젠 '신부' 같지 않았다.

누나는 콩이 박힌 시루떡을 권했다. 자기가 떡장사를
하는데, 전에 시골서 혼인 잔치 할 때처럼 손님들 돌아
갈 때 주려고 준비하는 중이라고 했다.

"어때? 내 몸집이 떡 방앗간에 어울리지 않냐? 그런
데 너, 선생 한다며? 어려서부터 얌전하더니 출세했구
나."

선생 된 게 무슨 출세냐고, 왜 그런 소리들을 하는지
모르겠다고 볼멘소리를 했다.

"네가 우리랑 사는 길이 다른 건 사실이잖아. 수복이
말에 대학원 갈 거라던데, 그러면 대학교수도 될 거 아
니니? 우리 애들도 너처럼 공부 잘해서 출세하는 비결
이 뭐냐? 애들 아빠는 혼자 똑똑한 척해도 대학 졸업장

없으니 소용없더라. 남한테 속기나 허구."

나는 술기운이 올라왔다. 못 먹는 술을 아무래도 너무 마신 것 같았다. 나는 주섬주섬 말을 찾았다. 나야 뭐, 부모님 잘 만나 이렇게 됐는데…… 누님, 대학은 공부하는 데잖아요. 출세만 따지면 곤란해요.

"너는 네가 대학 나와서 그런 소리를 하는 거야. 떡장사 아줌마 말이라고 허투루 들을지 몰라도, 지금 대학이라는 데는 공부보다 힘깨나 쓰는 자리로 올라가는……"

잔치 마당 밖에서 기웃거리던 사람 하나가 나를 향해 걸어왔다. 늦게 도착한 모양인데, 사람을 잘못 안 것 같았다. 하지만 그가 가까이 와서 웃음을 짓자 비로소 얼굴이 기억났다. '똥섬'에 살다가 이사 간 진석이였다. 나는 벌떡 일어나 그를 안았다.

우리는 마당 한편의 은행나무 그늘로 옮겨 앉았다. 잡고 있는 그의 손이 무척 거칠고 깡말랐다. 그는 두툼한 책을 탁자에 올려놓으며, 목이 말랐는지 누가 마시던 컵에 그냥 막걸리를 따라 조금 마시고는 안주 삼아 편육을 한 점 먹었다.

"이게 얼마 만이냐? 인천으로 이사 갔었는데, 그저 거기 사니?"

그가 고개를 끄덕였다. 그는 아주 야위고 체구가 작았다. 어렸을 적보다 별로 자라지 않은 것 같아 마음이 좋지 않았다. 내가 가지고 간 날고구마를 맛있게 먹던 모습이 기억났다.

"현장에 '새울' 사람이 있었어. 그 사람이 수복이를 알더라구. 네가 온다기에 와봤다."

그는 예전처럼 더듬거나 발음이 어눌하지 않았다. 오히려 날카로웠다. 앞에 놓인 책의 표지를 보니 법률에 관한 것이었다.

그가 잔을 내밀었다. 사양할 수 없었다.

"너, 글 쓴다며? 어떤 글 쓰냐?"

수복이가 떠벌린 모양이나, 별거 아니라고 했다. 하지만 너무 성의 없는 대답 같아서 소설을 쓰는데 신춘문예에 자꾸 떨어진다고 덧붙였다.

"그래? 나도 글을 쓰고 싶어. 무얼 써야 할지는 알겠는데, 말이 잘 안 돼. 어쨌든 소설 같은 이야기는 아냐. 이야기는 끝내기가 어려울 것 같아. 현실은 끝이 잘 안 보이니까."

그의 말에서는 힘이 느껴졌다. 글을 쓰려고 들면 잘 쓸 성싶었다.

진석이는 내게 한 잔 따르고는 비우기를 기다려 자리에서 일어나려 했다.

　"네 얼굴 봤으면 됐어. 수복이가 하도 모이자고 해서 왔는데, 간사지 땅 밟고 살던 사람끼리 모이면 여기가 간사지 되냐? 어쩔 수 없는 건 놓아두고, 어쩔 수 있는 거나 어떻게 해볼 일이지……"

　하여간 수복이 덕에 이렇게 만나지 않았냐고 휘갑을 치며, 나는 그의 어머니 안부를 물었다. 게를 잡아 머리에 이고 노을 진 바다에서 돌아오던 그 힘겨운 모습이, 나는 가끔 떠오르곤 했다. 따지고 보면 그와 나는 성姓이 같은 먼 친척 간이었다.

　"어머니는 허리가 아파 바깥출입을 못 하셔. 일을 너무 해서 그래. 네 어머니는 늘 그만하시지? 우리 어머니는 네 엄마 몸 아픈 거 낫게 해달라고, 가끔 기도를 드리곤 하셔. 우리 엄마한테 간사지는 바로 네 엄마야."

　"어머니가 편찮으셔서 어떡하니? 네 여동생도 많이 컸겠다."

　"참, 그런 얘기 말고, 내가 너 만나면 하려던 이야기가 있어. 네가 가끔 말한 선호 형 있지? 데모하다가 혼나고 간사지 내려와 자살한 그 형 말야. 내가 우연히 그 형에

대한 이야기를 들었어. 형 친구들을 옭아 넣은 사건이
실린 신문 기사도 보고."

나는 놀라서 대뜸 어떤 이야기냐고 물었다.

그때 천막에서 친구들이 우르르 나왔다. 수복이가 진
석이를 보더니 다른 친구들한테 소개하려고 했다. 그러
자 진석이가 후딱 몸을 빼어 저만치 멀어지며 나를 향해
손을 흔들었다. 연락처를 알려달라니까 수복이를 가리
키고 마는 게, 자리를 피하는 성싶었다.

나는 넥타이가 답답하여 풀어버렸다.

진석이가 가버린 쪽을 물끄러미 바라보고 있으려니,
우리가 놀던 똥섬 마당이 떠올랐다. 그가 살던 기울어진
집과 뒤꼍의 짜지 않은 샘, 그가 부르던 노래「섬집 아
기」도 생각났다. 그 모든 게 여전히 나 속에 생생히 살아
있었다. 내 얼굴 보러 일부러 왔다는 그 말이 슬기운 젖
은 가슴에 걸렸다.

나는 누구와 작별 인사를 나누고 있는 수복이한테
갔다.

"나 말야, 더 있어야 하는데, 그만 가야겠어. 속이 거
북해."

"안 돼! 다들 성의 없이 왜 이렇게 잔치를 일찍 끝낼라

구 그래?"

"미안해. 나 술 약한 거, 잘 알잖냐?"

수복이가 깔개에 털썩 주저앉았다. 술을 꽤 마신 모양이었다. 그가 나를 끌어당기더니 비밀을 알려주듯 말했다.

"자식들이 말이야, 내가 좀 서둘렀더니, 통일주체국민회의 대의원 같은 거 나가려는 줄 알어. 젊은 놈이 허파에 바람 들었다구, 다들 누구 앞잡이 취급을 해. 왜들 그러지? 왜 그렇게밖에 생각 안 허지? ……틈만 보이면 남의 돈 넘성거리기나 허구…… 지들도, 고향 타령만 하던 아버지가 속절없이 돌아가서 봐야 아나? ……이건 진짜, 생각을 해봐야 혀…… 선생님, 선생님도 생각 좀 해보시죠. 선생은 대학을 나온 사람이니께, 생각을 많이 허구, 애들도 생각을 많이 하도록 가르쳐야지유……"

다른 친구들이 그를 데리러 왔다. 술도 잔뜩 남구 해도 잔뜩 남었는디, 잔치 주인장이 왜 여기 있냐?

"너희들 말야, 그럼 안 돼!" 수복이가 친구들의 팔을 뿌리치며 말했다. "아까 뭐라고 했냐? 은행나무 땜에 이 동네는 땅값이 안 오를 거라구? 차라리 없는 게 좋다구? ……어떻게 그런 소리를 헐 수 있냐?"

"가르쳐주면 잘 배워라, 이놈아. 옛날 생각만 하지 말구. 요새는 개발 제한이라는 게 있어. 저런 오래된 나무나 문화재 같은 게 있으면, 근처에 집을 맘대로 못 짓는다구. 네가 이 동네에 관심이 많길래 가르쳐준 건데, 고맙다구나 할 것이지 웬 큰소리냐?"

갑자기 수복이가 그렇게 말하는 친구를 밀쳤다. "내 말은, 내 말은 그게 아냐!"

친구가 어이없이 나뒹굴었다. 그도 취한 것 같았다. 나는 넘어진 친구를 부축했다.

그런데 이번에는 그가 나를 후려치듯 뿌리쳤다. 나도 넘어질 뻔했다.

"너 말야, 너도 기분 나빠! 왜 우덜하구 안 놀고 여기 나와 있냐? 수준이 안 맞는다 이거지?"

마당에 흐르는 음악이 요란스런 것으로 바뀌어 있었다.

가봐야겠다고 성미 누나한테 인사를 하는 중에 빨간 승용차가 멈춰 섰다. 말을 하느라 눈여겨보지 않았는데 운전석에서 내린 여자가 대뜸 내 어깨를 치며 말했다.

"너 왜 아는 체 안 하냐?"

경숙이 누나였다. 화려한 차림에 요란하게 화장을 한 모습이, 제법 잘나가는 사람처럼 보였다. 언니 왔느냐고, 정말 고맙다고 의외로 사근사근 굴며 성미 누나가 우리 둘을 번갈아 보았다. 경숙이 누나는 핸드백에서 축의금 봉투를 꺼내 능숙하게 '신부'의 손에 쥐어주며 눈치 빠른 대답을 하였다.

"얘가, 아니 이젠 애가 아니지. 하여간 애가 나 서울로 도망칠 때 도와준 사람이야. 말하자면 내 가출의 공범이지. 안 그러니?"

웃음으로 답하며 나는 성미 누나한테 둘은 어떻게 아는 사이냐고 물었다. 경숙이 누나가 가로맡아 대답했다.

"내가 안양에 사는데, 거기 보령 향우회鄕友會 부회장이야. 이 동생이 어떻게 알고 연락을 해서, 작년부터 우리 가게 쌀을 떡 만드는 데 대놓고 쓰고 있지. 우린 비즈니스 파트너라구."

그녀가 의자의 먼지를 훔치고 엉덩이를 걸쳤다. 성미 누나가 따로 가져다 따라 준 맥주를 홀짝이며 재미있다는 듯 잔치 마당을 훑어보는 그녀 옆에, 나는 떠나지 못한 채 엉거주춤 서 있었다. 그녀가 들어갔던 영등포의 벽돌 모양 공장과 그 마당 가득히 군인처럼 도열해 있던 직공들이 기억났다. 그녀가 거기서 일하며 고등학교 과정을 잘 마쳤는지 궁금했으나 묻지는 않았다.

"그 귀엽던 얼굴이 이젠 억세게 변했네. 애인 있니? 내가 부잣집 아가씨 소개해줄까? 예전에 진 신세도 갚을 겸."

나는 괜찮다고 했다. 그녀가 전에 했던 말처럼 상경하여 '성공'을 했는지는 몰라도, 화려한 치장과 육감적인 몸매에도 불구하고, 그녀는 전과 다름없이 거칠어 보였다.

그녀가 선웃음을 치며 말했다.

"사춘기도 지났는데, 넌 여전히 한밤중에 야산을 헤매던 그 얼굴이구나. 여태 그렇게 심각하게 따지면서 사니?"

나는 또 웃음으로 답하며 자리를 떴다.

성미 누나가 떡 봉지를 손에 쥐어주었다.

걷다 보니 성출이가 따라오고 있었다. 자기도 전철을 타러 가는 길이라고 했다.

"네 아버지가, 참 좋은 분이었지. 나한테 옛날이야기

를 많이 해주셨어."

"아버지도 형 말씀 자주 하셨죠…… 사실은 제가 삼수를 하고 있어요. 부모님 생각하면 일류 대학 가야 하는데, 면목이 없군요. 하지만 어떻게든 나 같은 촌놈도 '하면 된다'는 걸 보여줘야죠. 나중엔 미국 유학까지 갈 겁니다."

나는 어지러워서 가로수에 기대어 잠시 쉬었다. 시골하고 서울이, 성출이 너 속에서 싸우는 것 같구나. 네가 '서울 사람'이 되면, 그때는 한국과 미국이 싸우겠구나…… 나는 속으로만 중얼거렸다. 몸이 홍수에 휩쓸려 떠내려가는 나뭇조각 같았다.

"시간이 무섭다. 세상이 너무 정신없이 변하고 있어."

술기운으로 흐려진 내 시야에, 간사지 들판이 밀물로 가득했다. 자세히 보니 그건 바닷물이 아니라 시퍼런 풀이었다. 갯벌이 간사지 되듯이, 간사지 들판도 벼가 아니라 풀 천지가 될 수 있었다. 그 풀밭이 시들어 스러진대도, 봄이 되면 거기서 풀과 나무는 다시 무성하게 자랄 것이다. 봄이 되면 그럴 것이다. 풀과 나무는.

"성출아. 너도 수복이한테 소식 듣고 잔치에 왔니?"

"그럼요. 간사지 부근 사람치고 수복이 형 모르면 간

첩이죠."

수복이를 모르면 간첩이라…… 나는 새삼 무언가 알게 된 듯하였다.

아까 준 명함으로 안심이 안 되어, 나는 떡 봉지를 성출이한테 들게 하고 그가 지금 잠을 자는 곳의 주소를 수첩에 적었다. 서로 연락하며 지내자고 다짐을 두면서, 그가 돌려주는 내 떡 봉지를 손짓으로 사양했다.

"그럴게요. 실은 저기 저, 수복이 형 때문에라도 가끔 뵈어야겠어요."

예비군을 실은 군용 트럭이 신호를 무시한 채 줄지어 지나갔다. 현역군인처럼 군장을 갖춘 모습이, 야간 훈련이라도 떠나는 성싶었다. 먼지를 뒤집어쓰며 우리는 트럭 행렬이 끝나기를 기다렸다.

나는 수복이한테 무슨 일이 있길래 그런 말을 하느냐고 물었다.

"글쎄요. 인정이 많아 저한테도 잘해주지만, 어쩐지 불안해요. 작년에 형 아버님이 돌아가셨을 때 보상금 받은 게 있다는데, 하는 걸 보면 꼭 누구한테 사기를 당할 것 같아요. 오늘 잔치에도 그 돈이 꽤 들어갔을걸요. 형님이 가끔 만나서 정신 들게 말을 좀 해주면, 도움이 될 것 같아요."

　나는 웃음이 나왔다. 웃고 있으려니 토할 것 같았다.
하지만 속에서는 아무것도 올라오지 않았다.

　"글쎄, 진석이를 만나려면 곧 다시 보기는 해야겠는
데…… 무엇이 되든, 서로 도움이 됐으면 좋겠다."

　진석이의 말이 떠올랐다. 이야기는 끝내기가 어려울
것 같아. 현실은 끝이 잘 안 보이니까.

　군용 트럭 행렬이 다 지나갔다. 먼지 속에서 멀리 부
천역이 보였다.